リョウは、近くに落ちていた岩を持ち上げた。
転生《てんせい》少女《しょうじょ》の履歴書《りれきしょ》
11
Kazuki Karasawa
唐澤和希
illustration
桑島黎音

アランの剣戟《けんげき》は弾かれる。
「何故ですか⁉　カイン兄様！」

「私は、王家に忠誠を
誓った騎士だ」

「そんなの、許せません……」
シャルロットがさらに顔を俯《うつむ》かせた。

「やあね、カテリーナったら……」
カテリーナ嬢が真面目な顔して
そう言うと、サロメがニヤッと笑った。

アランの綺麗な翡翠《ひすい》の瞳に、
リョウの顔が映っている。
かかとを浮かせて背伸びをすると、
その距離はもっとぐっと近くなる。
そのままアランの唇に
自分の唇を添えた。

「こ、これは……!?」

INTRODUCTION

禁忌の力

ジロウを訪ねた後、神縄の外へと出たリョウ達。
縄の外に出た瞬間、空気が変わったのを感じた。
あたりを見渡せば、先ほどまで降っていなかったはずの雪が降っており、
薄らと地面に雪が積もっている。
不思議に思ったリョウ達は、外の状況を確認しにいく。
そこで神縄の中にいた時間は数刻のはずなのに、
外では半年もの月日が経過していることを知るのだった。
その間、魔物が彷徨うようになり、
リョウとヘンリー王弟が失踪したことによる内乱が起きようとしてた。
一方、シャルロット、アンソニーと無事合流することができた。
しかし、リョウの長い不在に不安を抱いていたシャルロットは、
隠し持っていた禁忌の力に手を出してしまっていた。
リョウは、シャルロットの力のことを知らぬまま、
内乱が起きようとしている場所へと向かう。
そこには、グエンナーシス領とルビーフォルン領の連合軍と王国軍、
そして魔物達が集まっていたのだが -----。

転生少女の履歴書

11

唐澤和希

ヒーロー文庫

転生少女の履歴書《てんせいしょうじょのりれきしょ》

11

CONTENTS

Ryo=Rubyforn

リョウ=ルビーフォルン　F

住所不定

FAMILY

親代わり　コウキ

養父　パッシュ=ルビーフォルン

養母　グローリア=ルビーフォルン　義姉　ガラテア

illustration 桑島黎音

イラスト／桑島黎音
装丁・本文デザイン／5GAS DESIGN STUDIO
校正／吉田桂子（東京出版サービスセンター）
DTP／鈴木庸子（主婦の友社）

プロローグ　六十四番目の記録

私は『六十四番目』。

『あの方』に六十四番目に作られた者。

『あの方』は、自らが捨てた塵《ちり》の中に希望を見出だされた。

故に、塵の世界への介入をお決めになった。

しかし、塵の世界は、かつての『あの方』が捨てた世界。

今の『あの方』は我々を作るために魂源を分けてしまい、かつての『あの方』の力より劣ってしまう。

故に、かつての『あの方』がいらないと言って切り離した世界に、今の『あの方』が介入するのは難しいことだった。

それでも塵の世界に介入するために、『あの方』はまず、『一番目』を塵の世界へ放たれた。塵の世界からの干渉で、『あの方』を塵の世界に引き込む方法を探るために。

しかし、一向に成果は得られなかった。

そのため次に、『二番目』、『三番目』、『四番目』……次々に『作られた者たち』は、塵の世界に堕ちていった。

しかし、それでも『あの方』が塵《ちり》の世界に介入する方法はわからない。

そしてとうとう私、『六十四番目』も塵の世界に放たれた。

『二十一番目』以降は、塵の世界に介入するために作られており、そのための力を得ている。

『六十四番目』の私も、『あの方』が塵の世界に介入するために力を与えられた。

私の力は『魂巡』。

魂と呼ばれるものを、次元を超えて移転させる力。

私は、まず塵の世界とは違う世界の魂を数え切れぬほど回収した。

これらを塵の世界に持ち込むことができれば、『あの方』の魂も塵の世界に運ぶことができるかもしれない。

かくして私は、塵の世界に、塵の世界とは別の世界で回収した魂を運び込んだ。

残念なことに、運び込んだ魂の多くは次元を超える際に摩耗して消え去った。

残ったいくつかの魂を、どうにか塵の世界に受胎させることができたが、やはり魂は激しく摩耗しており、もともとの魂の在り方を失ってしまっていた。

このような方法では、『あの方』を塵の世界に招くことはできない。

しかし私は、あきらめず何度も何度も、『魂巡』を繰り返す。

繰り返すために、私自身も何度も転生し、塵の世界を生きることになった。

塵の世界には人間がいた。『あの方』が興味を持った生き物。

人は不思議な生き物だ。私たちと姿かたちは似ているが、あり方が違う。

私たちは『あの方』のために生きているが、人はそうではない。

私たちのように『あの方』のような確固たる存在がない彼らは、常に不安定で、脆弱《ぜいじゃく》だ。

だがその脆《もろ》さが、尊いのかもしれない。

『あの方』に『作られた者たち』の中には、人のために『あの方』から与えられた力を使う者たちもいた。人に魅了されたのだという。

私にはわからない。

だから、移り替わってゆく人の世を横目にして、私はただひたすら魂巡を重ねた。

そしてとうとう成功した。

世界を渡り、『塵の世界』で受肉を果たしてなお、その魂には傷一つつかなかった。

以前の在り方を保っている。

何年か、追いかけてまで経過を観察したが、ずっと魂の形を保っていた。

これなら『あの方』の魂を『塵の世界』に招くことができる。

『あの方』の受胎のための器は、他の『作られた者たち』の力を借りて、以前から用意している。

私は、人の皮を捨てるほどに力を使い、『あの方』の器を守るために山にこもった。

『あの方』の魂を宿す器が、何事もなく育つように守らねばならない。

そして、私が次に魂巡をする時に、『あの方』の魂をこの器に運ぶのだ。

だが、突然侵入者がやってきた。

そしてその侵入者の中には、かつて私を喜ばせ、希望を見せてくれた魂の成功体である『リョウ』がいた。

第五十四章　隠された真実編　ジロウ兄ちゃんの話

生物魔法のことを知るために、わざわざルビーフォルンの山の中へ。

そしてそこで出会ったジロウ兄ちゃんは、ゆっくりと口を開いた。

「私が初めてこの世界に遣わされた時、この世界では一部の技術を持つ人間が、技術を持たない人間を支配し、管理していた」

「それは今でもそうですよね。魔法使いが非魔法使いを支配している」

カイン様の言葉にジロウ兄ちゃんは小さく首を振った。

「今とは支配層が異なる。当時の支配層の人間は、生物の体を意のままに操る魔法が使える者たちだった」

「それは……生物魔法のことですか？　他の魔法が使える人たちよりも生物魔法が使える人たちが、支配者だった、ということ、ですか？」

私は思わず声を上げた。

だって、生物魔法を使える者が、支配層ということは……もしかして、今とは全く逆、ということ……？

「そう。生物魔法は万能に近い力を持っている。生物魔法は傷を癒やすこともできたし、体を丈夫にすることも、老化させることや逆に若返らせることもできた。そして他人を意のままに操ることも、体を作り変えて都合の良い生き物を作ることすらできた」

「そんな、ことまで……？」

思わず目を見開いた。

魔法で都合の良い生き物を作るって……。

「支配層が、被支配層の体を作り変えて生まれたのが、魔法奴隷生物だった。それらは支配層が快適な生活を送るために力を与えられていた。火を起こす能力、植物を育てる能力、風を運ぶ能力……今でいう、魔術師、精霊使いと呼ばれている者たちのことだ」

「……！」

言葉にならず、思わずアランたちと目を見合わせた。ゲスリー以外はそれぞれ驚愕の表情を浮かべている。

驚きで固まる私たちを気にする様子もなく、ジロウ兄ちゃんはまた淡々と話を続ける。

「それらの魔法奴隷生物のお陰で支配層の人間の生活は格段に向上した。楽に慣れ、怠惰が当たり前となった支配層の人間は、生物魔法の技術を学ぶことすら鬱陶《うっとう》しくなりはじめた。生物魔法を使うためには、膨大な知識と技術が必要で、それを学ぶことが煩わしくなったんだ。そしてひとりの天才が、ある技術を発明した。生物魔法の技術を、一人の魔法奴隷生物に集約させることに成功したのだ」

「魔法奴隷生物に集約？　それって、どういう……？」

「知識も技術も、その魔法奴隷生物に押し込め、資格のある者が命令するだけで、その魔法奴隷生物を介して生物魔法を行使できるようにしたんだ」

「そんなことが、可能なのですか……？」

「私は魔法の仕組みのことは詳しく知らない。しかし、彼らが実際にそれを可能にしていたのはこの目で見た。支配層は学ぶことをやめ、欲望は満たせるところまで満ちた。長くこの世界を繰り返し生きてきたが、人があれほど贅《ぜい》を極めた時代を見たことがない」

ジロウ兄ちゃんの言葉をそのまま信じるのは、勇気がいる。

だって、それほど……突拍子もないことで。

魔法奴隷生物……？　かつて生物魔法を使っていた人々が、そんなものを作り出していたなんて……。そして、その魔法奴隷生物って、つまり、今の魔法使いのこと、だよね……？

……そもそもジロウ兄ちゃんはさっきからまるで見てきたかのように話しているけれど、そんなに長い間生きているってこと……？

色々な疑問が頭の中をぐるぐるして戸惑っていると、さらにジロウ兄ちゃんは話を続けた。

「しかし栄華はそれほど長くは続かなかった。生物魔法の知識技術を集約した魔法奴隷生物がしばらくして壊れた。しかしもうその頃には、魔法奴隷生物を治せるほどの生物魔法を使える者はいなかった。誰もが知識も技術も放棄していた。その魔法奴隷生物の死をもってして、傷を癒やす魔法も、人を操る隷属魔法も一緒に滅び、その時代は終わりを迎えた。そして隷属魔法の効力が切れた魔法奴隷生物が、自分の持つ特別な能力をもってして、その後は支配する側へと回ることになった。そしてその流れが、今も続いている」

ジロウ兄ちゃんの話は信じられないことばかりで、しばらく呆然《ぼうぜん》と彼の顔を見つめた。

しかし、ジロウ兄ちゃんの顔に表情と呼べるようなものはなく、ただただ淡々と過去のことを語ったというだけに見えた。

私はどうにか重い口を開いた。

「それは、どれくらい前のことですか？」

「さあ、数えてないからわからない。それに私もずっとこの世界に居続けていたわけではない。ただ、この忌々《いまいま》しい不死の魔女の森ができるもっと前。文明もなにもかもが全く違う時代の話……」

不死の魔女って、パンドーラ王国の最後の魔女王のこと？

そのパンドーラ王国時代より前って……千年以上も昔になる……。

「どうして、そんなに前のことをジロウ兄さんは自分が体験してきたかのように語るのですか？　……あなたは何者なのですか？」

ずっと気になっている質問が口から出た。

ジロウ兄ちゃんの話を聞きながら、どんどん目の前の人のことがわからなくなってい
た。

「私は、六十四番目。六十四番目の使い。『あの方』をこの世界に招くために遣わされた
者」

あの方？　六十四番目？

何度単語を繰り返してみても理解できる気がしない。

ただ、幼い頃のジロウ兄ちゃんの姿が蘇った。

私と同じ金髪で、無口で、私が何かしていると無言で力を貸してくれていた。

「ジロウ兄さんは……私の知ってるジロウ兄さんではない、ということですか？」

「この体はジロウと名付けられた。しかし魂は、『あの方』によって六十四番目という名
を与えられている」

そう語ったジロウ兄ちゃんの顔に初めて柔らかい表情が出た。

恍惚の表情というか、どこかウ・ヨーリのことを語るタゴサクさんと似ている。

どんどん目の前の人がわからなくなる。名乗ってもらったばかりだけど、この人は一
体、誰なのだろう。

私の知ってるジロウ兄ちゃんは……。

「生物魔法の技術が滅んだのだとしたら、どうして、リョウはそれを使える？」

そう尋ねたのはカイン様だった。

カイン様の質問に私はハッとした。

たしかに、そうだ。

生物魔法なるものが膨大な知識と技術を要するのだとしたら、話のつじつまが合わない。私は生物魔法に関する技術も知識もない。でも使える。

私の感覚としては、ただただ呪文を唱えただけだ。

カイン様の質問に、ジロウ兄ちゃんは顔をしかめた。

「それは忌々《いまいま》しい三十四番目と三十三番目のせいだ。『あの方』から授かった力を不死の魔女王に捧げてしまった。三十三番目と三十四番目には、法則を生み出す力があった。彼らはこの世に呪文という概念を生み出した。呪文を介して、魔法という技術を行使できる仕組みを作った」

三十三番目と三十四番目……？

もう意味がわからなすぎて頭がくらくらする。

でもここで投げてはいけない。一つずつ確認していかないと……。

「三十三番目と三十四番目とは、どなたのことですか？」

「私の兄弟だ」

ジロウ兄ちゃんの兄弟……？　一瞬、ガリガリ村の兄弟たちのことが浮かんだ。でも、きっとそれは違う。

ジロウ兄ちゃんは明らかに生きてる年代がおかしい。

それに、この目の前にいるジロウ兄ちゃんの顔をした何かは、私のことを兄妹だとは思っていない。

自分でも不思議と、そのことが、思ったよりも、なんか……悲しい。

私が少しだけ混乱していると、アランが難しい顔をして口を開いた。

「パンドーラ王国の終わりとともに、魔法使いは呪文を唱えないと魔法が使えなくなったと聞いてる。それはあなたの言う三十三番目とかの力のせいということか？」

「そうだ。魔法を呪文で管理できる法則を作った。これによって、かつて時代とともに滅んだ『生物魔法』も復活した。生物魔法も他の魔法と同じように、適性を持つものが呪文さえ唱えれば発動できるようになった。どこで呪文を覚えたのかはわからないが、リョウが生物魔法を使えるのはそれが理由だ」

そう言ってジロウ兄ちゃんは私を見た。私も戸惑いつつも彼の顔を見返した。

顔の半分は懐かしいジロウ兄ちゃんの顔。でももう半分は人間離れした美しさを持つ人形みたいな顔。

色々問いただしたくなった。

あなたは誰なのか。私とガリガリ村にいてくれたジロウ兄ちゃんとは違う人なのか
……。違う人だとしたらジロウ兄ちゃんは今どこにいるのか。

でも、ぐっとそれを堪《こら》えた。

ほかに聞くことはたくさんある。

私は、隷属魔法のことを聞きにきたんだ。

「では、隷属魔法というものは存在するんですね？　他の生物魔法と同様で該当する呪文がわかれば私も使えると思っていいのですね？」

私がそう確認するとジロウ兄ちゃんは頷《うなず》いた。

となると、私が試して発動しなかったのは、私が覚えている和歌の中に隷属魔法の呪文がなかった、ということか……。

「ジロウ兄さんは、隷属魔法の呪文を知ってますか？」

「私は呪文のことはわからない。確か、全ての呪文をまとめた書物があったと思うが……」

何かを思い出すようにそう言ったジロウ兄ちゃんに私は首を横に振った。

「その書物はもうなくなりました」

救世の魔典はもうない。私が知っている和歌の中に隷属魔法らしきものが見つからない

となると、実質隷属魔法は使えないのと同じ、ということか。

そもそも呪文が和歌なのも気になる。呪文は和歌でできてると思い込んでいたけれど、他の何かである可能性もあるのだろうか……。

「……どうしてこの世界の呪文は『和歌』でできてるんですか？」

私がそう尋ねると、アランやカイン様が不思議そうな顔をした。

彼らからしたら和歌というのは聞き慣れない単語だろう。

「呪文のことに私は関与していないからわからない。だが、三十三番目と三十四番目とともに二十一番目も関わっていた。二十一番目は転移の力があり、何度か異界から人や物を召喚していた。それが原因かもしれない」

なるほど……。

ジロウ兄ちゃんの話を聞いて、よくわからないながらもなんとなくわかってきた。

やっぱり、過去にも私と同じようにしてこの世界に来た人がいたのだろう。

この国の言語の中には日本語みたいな単語も混じってるし、似たような文化だってある。今までもそう考えなかったわけじゃない。

隷属魔法は、和歌以外の何かの可能性もあるけれど……正直、それを探り当てるのは困難だ。

ジロウ兄ちゃんに会う前は、どうにかして隷属魔法を使えるようにしないとって必死になっていたけれど、今は逆に使えないのならその方がいいような気がしてきた。

隷属魔法は……私の手に負えない。いや、手に負えると思ってはいけない。今は良くても、必ず禍根を生む。

そう思うと、ゲスリーとは初めて意見が合ったかも。

彼もそう思ったからこそ、魔典を燃やしたのだろう。

誰かを自分の思い通りにしたいなんて考えは、あまりにも傲慢すぎる。私は、目の前のことに必死になるあまり大事なものを見失うところだった。

隷属魔法は使わない。大人しく他の道を探そう。

だから、帰ろう。もうここにいても得るものはない。

私はそう決めて、最後に、ずっと気になっていたことを尋ねることにした。

「……ジロウ兄さんは、昔、私が売られた後、追いかけるようにして村から去ったと聞きました。私は、兄さんが私を探してくれたのかと思ってました」

そのことがずっと気になっていた。

ガリガリ村の家族は誰も私なんて気に留めてないって当時は思っていた。

でも、ジロウ兄ちゃんが私を追いかけていったと聞いて、少し、救われたような気がした。

親には売られたけれど、マル兄ちゃんとか、私に優しくしてくれた家族はいたと、思い出すことができたから。

「探した。君は、異世界から魂を移動させる時、さほど魂が磨耗することなく転生できた貴重な成功体だった。その経過を追うために探した。そして私は君を観察して、私はこの試みが成功することを確信した。これで、あの方をこの世界に連れてくることができる」

そう言って、再びジロウ兄ちゃんがタゴサクさんみたいな恍惚とした表情を浮かべた。

経過の観察……？

小さい頃ジロウ兄ちゃんに優しくしてもらったことを思い出す。

道具を作る時はいつも手伝ってくれた。

風邪をひいた時は食べ物を持ってきてくれた。

たまに優しく頭を撫でてくれた。

でも、それも全て、よくわからない実験のためのもの？

「ジロウ兄さんは、私のことを家族だと、思っていたわけではないのですね……？」

「家族という概念はよくわからない。だが、リョウは特別だった。あの方に続く道標なのだから」

私の質問に、ジロウ兄ちゃんは淡々とそう返した。

そっか……家族ではないのか。

ジロウ兄ちゃんにまだ少し期待していた部分があったらしい。

けれどそれが簡単に砕けて、逆に笑えてきた。

さっきからちょくちょく出てくる『あの方』とか、『転生』とか気になる単語はいくつかあった。

でも、もうこれ以上何かを聞こうとする気力はなくなっていた。

「『あの方』というのは、あのタケノコのこと?」

突然、ゲスリーが無邪気な声で尋ねた。

『あの方』があのタケノコ?

何言ってるんだと思ったけれど、ジロウ兄ちゃんは頷《うなず》いた。

「そう。正確にはあれは『あの方』の器だ。私が、『あの方』の魂を導き、転生させるために必要な器。転生という方法ならば、『あの方』をこの世界に連れてくることができる」

『あの方』の話になったとたんに饒舌《じょうぜつ》になったジロウ兄ちゃんは、どこか満足げな表情を浮かべていた。

「『あの方』っていうのは、きっとすごい人なんだね。あのタケノコはこの国の、いや、この大陸の魔素という魔素をかき集めてる。どうりで、この国の魔素が全体的に薄くなるはずだね。だって、ここに集められてたんだから。いや、奪われてたって言葉に近いかな」

ゲスリーがニコニコと微笑《ほほえ》みながらそう言うので、私は眉間に皺《しわ》を寄せた。

「それって……もしかして、この国で魔法使いが生まれにくくなったのは、それが関係してるってことですか？」

「関係あるんじゃないかな」

私の疑問にあっさりとゲスリーが頷いて、私は目を見開いた。今までのことが脳裏に巡った。

それじゃあ、今この国の魔法使いが減ってるのも、魔法が弱まっているのも、あのタケノコのせい？

もともと、この国だって魔法使いの数が減る前は、それなりにうまく回っていたんだ。

もちろん完璧じゃない部分もあるだろうけれど、それでも平和でいられた。

でも魔法使いの数が減って、負担が増えて、国が国民を支えられなくなってきて……。

親分だって、もしかしたら国に反乱を起こそうとは思わなかったかもしれないし、ルビーフォルンの人たちもウ・ヨーリというなんのありがたみもないものを盲目的に信仰してなかったかもしれない。

それに、私だって……親に売られずに済んだかもしれない。

「……あのタケノコがなくなれば、この国は前みたいに魔法に不自由することのない生活に戻れるってことですか？」

「そんなことをしたら、許さない」

思わず呟《つぶや》くようにして出た私の言葉に、ジロウ兄ちゃんは再び怒りをあらわにした鋭い瞳で私を見た。

左側の虹色のガラス玉のような瞳が炎のように揺らめいて見えた。

怖気《おじけ》付きそうになったけど、私は拳を握って奮い立つ。

「『あの方』ってなんなんですか？　それは、今まであったものがなくなってゆくことで、この国の人たちが混乱して、弱い者が飢えや貧しさで死ぬよりもずっと、大切なことなんですか？」

「当然だ。そんなことよりもずっと大事なことだ。そう、『あの方』は、この世界の人の言葉でいう『神様』なのだから」

あっさりとそう言い切った。

迷いすらない。なぜか泣きそうになった。それと同時に目の前の人のことがもうよくわからないと思った。

この人はジロウ兄ちゃんじゃない。

いや、もともと私が兄だと思っていた人なんて、いなかったのだ。

「リョウ、どちらにしろ、この国は遅かれ早かれ魔法使いと非魔法使いが対立する事態を招いていたと、俺は思う。それが少しだけ早まっただけの話だ」

アランにそう諭された。

アランの言いたいことはわかる。

もともとあった非魔法使いの不満が、魔法使いの力が弱まったことで顕在化しただけだ。

きっとそのうち今のような事態を引き起こしていたのだろう。

でも、それでも、そうなるのはもっと先のはずだった。

けれど今更、魔素が増えたとしても、もう起きてしまったことを元には戻せない。

私は、まるで興味のなさそうな顔で聞いているジロウ兄ちゃんに顔を向けた。

「それで、あのタケノコはあと何年魔素を吸い続けるんですか？」

「数百、いや数千年、もっとかもしれない。でも、私たちが費やした永遠ともいえる年数に比べたら大した時じゃない」

千年単位の時間を大したことないとは、恐れ入る。

まあ、さっきから聞いてる彼の話自体も神話的というか、嘘か本当かわからない話で、現実味がないものだったけど。

「……その『あの方』とやらが目覚めたら、この世界はどうなるんですか？」

「質問の意味がわからない。ただ、この世界に『あの方』が転生されるだけだ。『あの方』は、ただこの世界に入ってみたいと、そうおっしゃっただけ。それ以下でもそれ以上でもない」

訝《いぶか》しげにそう言った。

私はおかしくて思わず口が笑みで歪《ゆが》んだ。

信じられないような話だけど、これが真実だとしたら、『あの方』とやらがただこの世界に行きたいと言ったために、魔素というのが吸われてしまいこの国の均衡が崩れたということになる。

そこには、なんの思惑も野心も想いもない。

ただここに来たかったというだけだ。

乾いた笑いが口から出る。

あそこに行きたいって言ってる子供のわがままに振り回されてるだけじゃないか。

まあ、これで目的は世界征服とか言われても困るのだけど。

ジロウ兄ちゃんの途方もない話を聞いて逆に少し落ち着いてきた。

数千年単位も後の未来のことまで責任は持てないし、あまりに途方もなさすぎて何も考えられない。

私の問題は、今この時だ。

いつまでもこんなところで油を売っているわけにはいかない。

私は大きく息を吐き出した。

もう迷いはない。スッキリした。私は後ろをちょっとしか振り返らない女！

「突然押しかけてきて、ご迷惑をおかけしました。そろそろもう出ますね」

私は立ち上がるとそう言った。

最初から早く帰ってほしそうにしていた六十四番目さんは、ホッとしたような顔をした。


六十四番目と別れて、もと来た道を戻った。

もちろん、アランとカイン様とゲスリーちゃんも一緒。

六十四番目の話を聞いて、それぞれ思うことがあるようで、誰もが無言の帰り道。

無理もない。あんな話を聞かされた後では……。

「リョウ、先ほどの話を聞いて、君はどう思った？」

抑揚のない声でそう言ったのはカイン様だった。

先ほどの話というのは、もちろん六十四番目が語った内容だろう。

「正直、よくわかってません。『あの方』がなんなのかもわからないですし、生物魔法のことについてもあまり聞けませんでしたしね。ただ、危険な魔法を含んでるということはわかりました。でもその危険な魔法を使う術《すべ》はありません。それだけでもわかったので成果としては十分かと」

「本当にそれだけ？」

「どういう意味ですか？」

「彼は言っていた。かつてこの国は生物魔法を使える人間が支配していたと。そして生物魔法が使える者というのは、我々のことだ。つまり、今と全く逆の立場にあった」

ハッとして顔を上げた。カイン様とは目が合わなかった。

ただまっすぐ前を見て歩いている。

何を考えているのか読めない。

「長い歴史の中で、立場が逆になることもあるでしょうね。でも、その歴史は終わったことです」

私がそう言うと、カイン様は歩みを止めた。

私も一緒に立ち止まる。

「だが、また始めることができる。リョウ、君は生物魔法を見つけた。君の力は、この国の全てをひっくり返すことができるんだ」

まっすぐに、見つめられた。

怒りか、悲しみか、どちらにしろ何か強い情動に駆られたようなカイン様の眼差しに、息が詰まった。

「君にはあまり実感がないかもしれないが、我々非魔法使いにとって、魔法使いは神にも等しい存在だ。リョウは神をも砕く力を持っているとわかっていて、その力を使わずにいられるのか？」

責めるような口調に、強い眼差し。

何も言えずにいると、間に艶やかな黒い髪が割って入った。

「カイン兄様こそ、何をお考えなんですか？」

アランが、私を庇《かば》うようにして前に立つとそう言った。

カイン様はアランを一瞥《いちべつ》すると、視線を逸《そ》らす。

「私が考えていることをどれほど説明したとしても、アランにはわからない」

突き放すような言葉だった。胸がギュッと締め付けられる。

アランとカイン様の仲の良い兄弟の関係は、私の憧れだった。

「ねえねえ、それよりさ早く行こうよ」

緊迫した空気の中で、気の抜けるようなゲスリーちゃんの声。

立ち止まっていた私たちよりも十歩ぐらい先に彼は立っていた。

ゲスリーちゃんはさっきから何故か早歩きだ。

「殿下……」

カイン様がぽつりとそう呟《つぶや》くと、再び私を見た。

「殿下が記憶を失くしたように見えるのは、リョウの力とは関係ないと思っていいのか？」

少しだけ険のなくなったカイン様の声色に少しだけホッとして私は頷《うなず》いた。

「はい。私は、それに値する魔法の呪文を知らないですし、治療のために生物魔法をかけましたけど、それ以外は魔法を発動した感覚はありませんでした」

おそらくゲスリーちゃんの記憶喪失は、アランがゲスリーの頭に石をぶつけたショックによるものだ。いや、まだゲスリーちゃんの一人芝居という線も抜けきれないけど。

「いいから早く！　ほら、境界線が見えてきたよ！」

ゲスリーの少し焦ったような声に合わせて彼が示す先を見ると確かに神縄《かみなわ》が見えた。

ちょうど私たちが入ってきた場所だ。

それほど時間は経ってないはずだけど、なんだか疲れた。

とりあえず、一度レインフォレストの宿にこれから戻るのだと思うと気が重い。

ゲスリーは記憶がないままだし。

でもそろそろ戻らなくちゃ大変なことになる。

「そうですね。急ぎましょう。戻ったら色々やることは山積みですし」

げんなりした気持ちでそう言うと、私もゲスリーを追いかけて前に進む。

アランもカイン様もそのままついてきてくれた。

再び無言の中ぼろぼろの神縄までたどり着き、各々その縄に触れてくぐる。

すると、違和感のような、先ほどまでとは違う雰囲気を感じた。

空気が、冷たい。

神縄の内側に入る時も空気が違うとは感じたけれど、それとはまた別の感じで……。

くぐり終わった私は嫌な予感を覚えながら顔を上げて、呆然《ぼうぜん》とした。

雪が降ってる……？

うっすらと、地面に雪が積もっていた。雪……？

どうして。

だって、おかしい。私が、ここに来たのは、まだ暖かい季節で……。

雪なんて降る気配はなかった。

「どういうことだ……？」

後ろで困惑したようなアランの声が聞こえた。

「寒いね……」

ゲスリーが震えた声でそう言う。

私は急いで振り返って、先ほどまでいた神縄《かみなわ》の向こうを確認した。

さっきまでは雪なんて降ってなかったのに。改めて見ると神縄の向こうも今は薄く雪に覆われていた。

「……一度里に下りて、状況を確認した方がいいかもしれない」

深刻そうなカイン様の声に、私は嫌な予感を抱きながら頷《うなず》く。

頭の中に地図を描いてここから一番近い村を探す。ここまで来た時に乗っていた馬が無事なら、数十分走らせればたどり着く村があったはず。

馬が無事ならの話だけど……。

私がまずは馬を繋いでいた場所まで行こうと声をかけようとした時、獣の唸《うな》り声が聞こえた。

ハッとして顔を上げると、十五メートルほど離れた先に、熊のような獣が二本脚で立っていた。

いや、ただの獣じゃない。よく見ればその熊のような顔には目が五つほどついている。

全体のほとんどを黒い毛皮に覆われているが、ところどころつぎはぎのようになって人の肌のような部分もあった。

色々なものが合わさってできたような異形の姿。間違いない、魔物だ。

私が気づいた時にはすでにカイン様が動いていた。

魔物に向かって走りながら剣を腰から引き抜き、地面を踏みしめる魔物の片足をすばやく切りつける。

バランスを崩した魔物は前に傾き、前足で体を支えた。

切りつけられた痛みで暴れることも吠えることもなく、静かに地面に前足をついた魔物は、何故か、顔をまっすぐ私の方に向けていた。五つの目が全て、私を見ている。

何？　なんで、私の方を……。

戸惑っていると、魔物は大きく息を吸い込み腹を膨らませた。

何かの攻撃行動かもしれない、そう思って私は事前に自己治癒魔法の呪文を唱える。

同じように思ったらしいアランも呪文を唱えて魔物と私たちの間に土壁を作った。

魔物からの攻撃に備えた私たちだったけれども、しかし想像していたような魔物の攻撃は来なかった。

かわりに魔物から発せられたのは、遠吠えのような馬鹿でかい声。

思わず耳を塞ぎ、魔物のうるさい声から身を守る。

超音波、もしくは音による攻撃かと思ったが、耳を塞げば防げるような音量で、それほど体にダメージを受けた感じはしない。

だが、魔物はずっと吠え続けている。

これ、何が目的で吠えてるの？　魔物の様子が気になるけれど、アランが作った土壁に阻まれて魔物の様子が見れない。

しかしそのうち魔物の遠吠えに、ゴポ、というような、何か吐き出すような湿った声が混ざって、声が止んだ。

「アラン！　炎を！」

カイン様の声が響く。

アランは懐からマッチを取り出しながら、解除の呪文で土壁を崩す。

土壁が崩れると、厚い皮一枚残して首が切れている魔物と、血で濡れた剣を構えるカイン様がいた。

魔物の声が止んだのは、カイン様が魔物の喉を掻《か》っ切ったからか。

先ほど聞こえたゴポという音は、おそらく魔物が血を吐いた時の音だ。

もう声を出せないらしい魔物から、ヒューヒューと息だけを吐き出す音がする。

切れた喉からは、血がドバドバと流れていた。そんな状態の魔物なのに、その視線はまっすぐ私にだけ注がれていた。

戸惑う私の横にいたアランが再び呪文を唱えると、炎が飛んだ。

炎は魔物に当たり、そのまま魔物全体を覆って燃え出した。

腐った肉が焼けるような、嫌な臭いが漂う。

「……結界の外なのに、魔物が？」

私が思わず呟《つぶや》くと、剣についた血を拭って鞘《さや》に収めたカイン様が頷《うなず》いた。

「それに、今までの魔物と比べると違和感がある。手応えがないというか……今までの魔物は、人に対する敵意のようなものがあった。でもこの魔物は、違った。襲いかかることも、暴れることもなく、ただ吠えてるだけで……別の何かに気を取られているような……」

魔物と近くで戦っていたカイン様が、訝《いぶか》しげにそう零《こぼ》す。

私も、カイン様と同じ違和感を覚えた。

様子がおかしかった。いや、魔物なんてみんな様子がおかしいんだけど、でもなんか、違う。

それに、魔物が、ずっと私だけを見ていたことが気にかかる。

あの遠吠えは、なんのために……？

「さっきの声、うるさかったね。あの声のせいで、仲間がこっちに向かってきてるみたいだよ」

ゲスリーちゃんの呑気《のんき》な声。

悪いが、今は色々考えることが多過ぎてゲスリーちゃんの相手をしている暇は……ん？

あまりにも危機感のない声なので、聞き流しそうになったけど、ちょっと待って。

仲間がこっちに来る？

もしかしてあの遠吠え、魔物の仲間を呼ぶためのもの？

「それってどういうことですか？　もしかして、他の魔物がこっちに向かってきてるってことですか？」

慌ててゲスリーにそう詰め寄ると、彼は屈託のない笑みを浮かべた。

「うん！　そうだよ！」

白さ百パーセントのゲスリーちゃんの笑みで気が遠くなった。

「そもそも殿下は、なんで、そんなことわかるんですか？」

「え？　だって、あれと同じような魔素がたくさんこっちに来てるもん」

どういうこと⁉　魔素の動きが読めるの⁉

私にはよくわからない感覚なので、同じ魔術師のアランに視線を向ける。

アランは難しい顔をしていた。

「俺には、遠く離れた魔素の動きは追えない。でも、殿下なら、目に見えない場所の魔素も捉えることができてもおかしくない」

まじか！　ということは……本当に魔物がこっちに向かってる⁉

「かすかに地面が震えてる。確かに、何かがこちらに向かってきてるのかもしれない。早くここから離れた方がいい」

私には全然震えてるようには見えない地面を見ながら、カイン様がそう言った。

ふわふわなゲスリーちゃんの言葉だけだと信憑性がなかったけれど、カイン様が言うのだからそうかもしれない。

背中に嫌な汗が流れるのを感じた。

◇

私たちは魔物の襲撃を回避するためにその場を離れ、適当な穴倉を見つけてそこに身を潜めた。

その穴蔵に身を隠している間、信じられないことに魔物を二匹ほど見た。

二匹とも、私たちが先ほど魔物と戦っていた場所に向かって進んでいた。

やはりあの魔物は、魔物を呼び寄せていた？

いやそれよりも、結界の外にいる魔物の数が多過ぎないだろうか。

一時期、大雨の影響で魔物が結界の外に出てきたこともあった。

でも、それから改めて結界を結び直し、少しずつ魔物を狩り続け、魔物の数は落ち着いたように思っていた。それにもともとルビーフォルンは、大雨による結界の崩壊が最小限だったので、外に出た魔物の数自体が少ないはずだ。

それなのに、もうすでに三匹も魔物を見てる。

確実に、何かおかしなことが起きている。

まずは情報収集する必要があると、カイン様が一人で情報を集めに外に出た。

しばらくして戻ってきたカイン様の顔色は青ざめていた。

「な、何があったのですか？」

こわばった表情のカイン様にそう尋ねる。

「何から伝えればいいか……信じられないかもしれないが……」

と言い淀《よど》みながら、晴れない顔でカイン様は改めて口を開いた。

「まず、私たちが結界の中に入ってから、半年ほど時が経過したことになっている」

と、震える声でそう言った。

「半年……？」

信じられないという声色で、アランが掠《かす》れた声でそう繰り返した。

私も信じられない思いでカイン様を見た。

「カイン様、でも……そんなの信じられません。だって、私たちは……私の感覚では、あの神縄《かみなわ》の中に入ってからまだ一日も経ってないんですよ⁉」

私は声が震えそうになるのを堪《こら》えながらそう言い募る。

「気持ちはわかる。しかし、事実だ」

カイン様の重苦しい声とともに、冷たい風が吹きつけて私の髪を乱した。

その風の冷たさが、カイン様が先ほど報告してくれた内容が事実であることをつきつけてくるようで、私は唇を噛み締めた。

今、季節は冬。

私たちが神縄の中に入ったのは、夏の終わり頃だった。

つまりそれは、私たちが、神縄の中に入ってから半年もの月日が経過していることを意味していた。

「大事なのはここから先の話だ。よく聞いて欲しい。私たちがいなくなった半年の間に、ルビーフォルン領とグエンナーシス領が手を組んで、王国に反旗を翻した」

カイン様の話に、目が点になる。

王国に反旗？　つまりそれって、反乱を起こそうとしてるってこと？

「反乱軍を先導しているのは、剣聖の騎士団だ」

そのカイン様の言葉で、納得がいった。親分たちだ……。剣聖の騎士団は親分たちが作った組織。親分たちが、王国を潰すために、動いたんだ。

「……でも、ルビーフォルンも一緒に反乱なんて……」

消え入りそうな声でそう呟《つぶや》くと、カイン様は悲しそうに瞳を伏せた。

「理由は、王国がリョウを害したから、ということになってる」

……へ⁉　え⁉

「私は、別に、国に害されてなんか……！」

「だが、突然、ヘンリー殿下とともに姿を消したことになっている。半年もの間、ずっと。突然の失踪に領民たちがリョウを害されたと思うのも無理はない」

確かに。そうかもしれない、そうかもしれないけど……。

「そして国としても絶大な力を持つ王弟を失ってる。王国は王国で、リョウが殿下を殺《あや》めた魔女だと言って、ルビーフォルンとグエンナーシス連合反乱軍に打って出る構えになった」

「そんな、それじゃあ、もしかして、今、戦争が……？」

私がそう確認すると、カイン様は首を振った。

「今のところ戦にまでは至ってない。反乱軍、王国軍、双方にとっても不測の事態が発生したんだ。……魔物だ」

「魔物……？」

「私たちがいなくなってからしばらくして、魔物が周辺を闊歩《かっぽ》するようになった。私が情報を集めるために里に下りる間にも、三匹ほど魔物を見た。理由はわからないが、魔物が突然湧き出し、徘徊《はいかい》するようになったんだ。それぞれ魔物の対処で手一杯になり、戦が回避されている。だが、ルビーフォルンとグエンナーシス側は、魔物が出現するようになったのは、リョウを殺めた王国側のせいだと主張し、王国側は王国側で、リョウが魔物を操っていると主張しているため、関係は最悪だ」

「そんな……。魔物が溢《あふ》れ出してるというのに、責任を押し付け合ってる場合じゃ……！」

魔物の被害はどれくらいあるんですか!?」

「それが幸いなことに、魔物たちは人を襲うことはないらしい。ただただずっと周辺を歩き回っているとかで……」

「人を襲わない？　魔物が？」

そういえば先ほどの魔物もそうだった。大きい声で吠えることこそしたけれど、襲いかかってはこなかった。

「魔物のことも、半年も時が経過した理由も、詳しくはわからない。だが、それが現状だ」

そう答えたカイン様の声は暗かった。

確かにわからない。わからなすぎて何をすればいいかもわからない。

まずは、私とゲスリーの無事を報告した方がいい、のだろうか？

チラリとゲスリーを見る。

カイン様の報告を聞くのに飽きてたらしいゲスリーちゃんは、地面に指で落書きしていた。

とても楽しそうである。

記憶をなくし、少々子供返りしてるゲスリーを王国側に連れていっても大丈夫なんだろうか……。

悩める私の耳に、フガフガという音が微かに聞こえてきた。

カイン様も聞こえたようで、警戒した様子で周りを見てる。

この音、猪がキノコを探して匂いを嗅いでる音に似てるけど……。

気になって穴蔵の出口の方に向かうと、カイン様に手で制された。

「魔物だ」

真剣な顔で、まっすぐ魔物がいるらしいところを見てる。

私も慎重に顔を出して外を見る。

いた。あー、うん。見てわかる、あれは魔物だ。

顔は完全に猪だけど、胴体と四肢が鹿のように細い。しかし細い鹿の体では重たそうな猪の顔を支えきれないらしく、フガフガ鼻を鳴らす猪の頭を地面にずりずりと引きずるようにして進んでる。

あのつぎはぎ感は完全に魔物だ。

「こっちに向かってきてる……」

私と一緒に様子を見にきてたらしいアランがそう言った。確かに猪の魔物はフガフガ鼻を鳴らしながらこちらに向かってきてる気がする。

「どうする。やるか？」

手に鉱石のかけらを持ったアランがやる気満々だけど、さっきカイン様から聞いた話が気になる。

「少し様子を見てもいいですか？　カイン様の話では人を襲わないらしいですけど、それが本当かどうか確認したいです」

「……そうだな。ではまず私が外に出る。それで魔物がどう動くか見よう」

カイン様がそう言うと、颯爽《さっそう》と穴蔵から飛び出した。

身のこなしが軽い！

腰にかけた剣の柄に手をかけつつ、魔物の目の前に立ったカイン様。

カイン様に気づいた魔物は、立ち止まった。

眠たそうな瞼《まぶた》を上げて、じっと観察するようにカイン様を見てる。

そしてすぐに興味をなくしたようで、瞳を伏せるとまたフガフガ鼻を鳴らし、顔を地面に擦り付けながら進んでいった。カイン様のいるところではなく、引き続き私たちがいる方角に向かってる。

本当に、人間を襲ってこない。

一体、あの魔物、なんなの……？

「襲ってはこないけど、こっちに来てるな。もしかして、この穴蔵……あいつの巣かなんかなのか？」

アランが不思議そうに言う。

魔物って、巣を作ったりするんだろうか……。

アランの話に思わず妄想が広がるが、今は魔物の生態について論じてる場合ではない。

魔物がこちらに向かってきてるのは本当だし、私たちも移動した方がいいかもしれない。

カイン様の方を見ると、彼も同じ考えだったらしく、手のひらを上にして指をちょいちょい動かしてこっちに来るようにと合図していた。

私とアランは、地面の落書きに夢中になってるゲスリーちゃんを引っ張り出して、魔物に気づかれないようにこっそり穴蔵から出る。

そして身を隠せそうな藪を見つけて再び身を隠した。

魔物は、フガフガ鼻を地面に擦り付けながらまっすぐ先ほどまで私たちがいた場所に向かって進んでる。

見た目は気持ちが悪いけれど、確かに敵意を感じないし、大人しそうだ。

カイン様のことも襲わなかったし、本当に、人を襲わないのかもしれない。

でも、だからといってこのまま魔物を野放しというわけにもいかない、と思うんだよね。

今は大人しくてもいつ人を襲うようになるかわからないのだし……。

けれど、無抵抗な生き物を、こう、一方的に狩るというのは、なんというか、魔物相手とはいえ抵抗感があるというか。

しばらく魔物は私たちが移動したことに気づいてない様子だったのだけど、突然ピタリと立ち止まった。そして私たちがいる方角に目を向ける。

あ、また、目が合った。

と、そう思ったところだった。

「おおおおん、おおおおん、おおおおおおおおん」

猪の魔物が突然唸《うな》り声を上げた。

細い体をばたばたと動かし、重たい頭を金槌《かなづち》のように打ちつけて暴れている。

急に落ち着きをなくしたように見える魔物に、思わず一歩退くと、すかさずカイン様が飛び出していって、魔物の鹿のような細い首に剣を差し込んだ。

魔物は地面に縫い付けられて頭を動かせなくなった。けれど、それでも必死に四肢を動かしもがいている。

さっきまで、落ち着いてたのに、どうして……。

暴れ狂っているように見える魔物に見入っていると、横から炎の玉が飛んできて魔物に火がついた。

アランの魔法だ。

カイン様が魔物の動きを封じ、アランが魔物の体を焼き尽くす。

最強コンビの連携プレーで、とりあえず目の前の魔物は大丈夫そうだけど、嫌な感じが拭えない。

この猪の魔物も、さっき出会った熊の魔物も、私と目が合ったら暴れ出したような気がする……。

気のせい、だろうか。

「リョウのことを、探してるんじゃない？」

呑気《のんき》な声が聞こえる。

振り返ると、燃えてる魔物を笑顔でしげしげと見ているゲスリーがいた。

「私を、探してる……？」

「うん！　あの魔物の魔素に、そう刻まれてたでしょ？」

いや、そんな、刻まれてるとかそんなの私わからないんだけど。

「な、なんで魔物が私を……？」

「さあ、会いたいからじゃないの？」

私は会いたくないんだけど。

いや、待って待って。ちょっとよくわからない。

ゲスリーちゃんの話はふわふわしてるから混乱するんだ。話し相手を変えよう。

「アラン、ヘンリー殿下が言っていたんですけど、魔物の魔素？　に私のことを探すように刻まれてるらしいんですけど、何かわかりますか？」

私にそう問いかけられたアランは、眉根を寄せた。

そして改めて魔物を見る。

けれど、浮かない顔のまま再び私の方を見た。

「悪い、俺には……そこまでのことを読み取れない」

悔しそうにアランは返した。

つまり魔素に刻まれてることを読み取れるのはヘンリーのチートスキル的なものなのか。

この人チートすぎません？

さっきからこういうやりとりが多いのだが。

チートすぎて、俄《にわ》かには信じがたい。

少なくともゲスリーの言うことが正しいのかどうかを凡人の我々では判断できない。

「殿下の言っていることが正しいかどうかはわからないが、魔物がリョウを見ると豹変したのは確かだ。リョウこそ、何か心当たりはないのか？」

カイン様からの鋭い追及に私は眉根をよせた。確かに、カイン様の言う通り、二匹とも私を見た途端に暴れた。

無関係とは言い難い、ような気がする。

ヘンリーは魔物が私に会いたくて探してるとか言ってるけど、そんな会いたいと思われるほど魔物と交流なんてなかった、よね？

うん、ないよない。

それとも、私が倒してきた魔物の怨念か何か？　いやいや、魔物を倒した数でいうなら、ゲスリーさんの方が圧倒的なはずだし。

もしかして突然魔物が増えた理由と、私が何か関係あるの？

他の人と私の違いといったら、生物魔法が使えること？

いや、でも、前々から生物魔法は使えてたけど、こんなことなかった。

ああ、だめだ。考えれば考えるほど、わからなくなってくる。

そもそも、突然半年も時が経過してるってこともまだ受け入れきれてないのに、魔物のことまで考えるのは身が持たない……。

「すみません。私にも、何がなんだかわからなくて……でも、確かに魔物は、私と目が合った瞬間に暴れ出したような気が、します。たまたまなのかもしれませんけど……」

歯切れ悪くそう答えると、カイン様もアランも何か考えるようにして下を向く。

唯一ゲスリーちゃんだけが楽しそうで、

「あ、あそこにきれいな花が咲いてる！　雪の中で花を咲かせるなんて、すごいなぁ。僕ね、こういう健気《けなげ》な花、好きかもしれない」

という呑気《のんき》な声が響いてきた。

ゲスリーちゃん、ちょっと静かにしてくれるかな？　今ね、ちょっとシリアスなの。

そうこうしてると微かに馬の駆ける音が聞こえてきた。

何かがこっちに向かってきてる？

顔を上げると、カイン様も気づいたようで音のする方角を見て、ゆっくりと剣を抜いた。

また、魔物だろうか。

私もアランもカイン様と同じように構えた。

馬の蹄《ひづめ》の音がどんどん近くなってる。間違いなくこっちに向かってきてる。

警戒するようにして見つめる木々の間から、馬が飛び出してきた。

一瞬、馬っぽい魔物、と思ったけれど、背に人を乗せている。

「ヒヒーン」

とそれは鼻を鳴らして、その場で前足を宙に蹴った。

私たちに気づいた馬の乗り手が手綱を引いて、急停止したのだ。

馬を落ち着かせるように乗り手が馬の首を撫でる。

乗り手の顔を見て私は目を見開いた。

「ア、アンソニー先生!?」

学園でお世話になった騎士科の教師、アンソニー先生だ！

そして……。

「リョウ様……！」

突然のアンソニー先生に度肝を抜かれた私の耳に、可憐な声が聞こえた。

アンソニー先生と一緒にシャルちゃんが乗ってる！

シャルちゃんが！

シャルちゃんはアンソニー先生の前に支えられるようにして乗馬してたのだけど、私を見つけると、私のところに飛び込まんばかりに両手を前に出した。

それをアンソニー先生が手綱を引いてない方の手で、シャルちゃんが落ちないように抱えてる。

シャ、シャルちゃん、危ない！　危ないよ⁉

私はワタワタしながらも、でもシャルちゃんとの再会に浮き足立って、側に駆け寄った。

急停止を余儀なくされて少々暴れていた馬も、アンソニー先生の華麗な手綱捌《さば》きで落ち着きを取り戻し始めてる。

「シャルちゃん！」

私は伸ばされたシャルちゃんの手をとろうとしたけれど、寸前のところでシャルちゃんが手を引っ込めた。

「ご、ごめんなさい！　リョウ様に飛びついて、怪我《けが》をさせてしまうところでした」

と焦ったようにシャルちゃんが言う。

そんなこと気にしなくてもいいのに！

でも、確かに飛びついてくるのは、シャルちゃんも危ないからね。

シャルちゃんは、馬から降りるとマジマジと私を見た。

「リョウ様！　良かった……！　ちゃんと……生きて……信じてました！　リョウ様なら、大丈夫だって……！」

そう言って、シャルちゃんは涙を流した。

私は思わず目を見張った。

そうか、シャルちゃんにとっては、私との再会は半年ぶりなんだ。

心なしか、少し痩せてやつれたように見えるシャルちゃんに、胸が苦しくなった。

「もしかして、ずっと……探してくれてたんですか？」

「はい……！　ずっと、ずっと……！　この半年間、ずっと……！」

「ありがとう……シャルちゃん。心配かけてごめんなさい」

私、シャルちゃんにこうやって心配かけて謝るの、本当に何回目だろう。

本当に何度やっても学習しない自分が嫌になる。

いや、これはでも、まさか半年も経過してるとは思ってなかったし、不可抗力と言えばそうなんだけど、でも、本当に……ごめん。

シャルちゃんの涙につられて、私も泣けてくる。

そしてカイン様の話だけではどうにも半信半疑だった半年の歳月の経過を、やっと現実のものとして思い知ったような気がした。

転章Ⅰ　シャルロットと魔物たち

私の目の前に、思わず目を背けてしまいそうなほど醜悪で、鼻が曲がりそうなほど臭いものがいた。

それは猪の頭をもった小鹿、のような姿をしている。

私が先ほど山に打ち捨てられていた獣の死体を使って作った魔物だ。

魔物は重たい猪の頭を下げて、私に平伏していた。

「リョウ様を見つけて。見つけたら私に知らせて」

私がそう命じると、小さな体に不釣り合いな大きな猪頭を持った魔物は、ずりずりと頭を引きずりながら去っていった。

こうやって魔物を作るのは、もう何体目だろうか。多すぎて、もう数えてない。でも今日は運が良かった。比較的新しい獣の死骸を見つけられたのだから。

最初は、こうやって山に打ち捨てられた屍《しかばね》を見つけては魔法を使って魔物を作っていた。

でも、最近は屍が見つけられなくなってきて、人の墓場すら荒らし始めている。

死への冒涜《ぼうとく》。私がやっていることは、救いようがないほど穢《けが》れている。どれほど罪深いか、わかっている。わかっているのに、止められない。

……だって、リョウ様がいない。

リョウ様が、殿下と姿を消してから、半年の月日が経とうとしてる。

リョウ様のいない日々はとても空虚で、私はそこから一歩も動けないのに、周りの状況は目まぐるしく変わっていった。

国を打倒するため反乱軍が立ち上がった。王国はリョウ様を魔女とみなした。

リョウ様を魔女と貶《おとし》める王国側のことは、もう見限ってる。

今は反乱軍の味方をしてはいるけれど、でも、信用しているわけではない。

だって、反乱軍を指揮している人たちの中には、もともとリョウ様を傷つけようとしてきた人もいるのだから。

「シャルロット様、そろそろお戻りにならないと。そのような薄着では風邪を引きます」

一緒にいるアンソニー先生が、抑揚のない声でそう言うと、上着を肩にかけてくれた。

私はそれを無言で受け取る。

言われてみると、今日は一段と寒い。

もう冬だ。

ルビーフォルン領も、グエンナーシス領と同じく比較的暖かな気候だけど、でも冷える

日もある。今は山の中にいるので尚更かもしれない。

リョウ様は、この寒さの中にいるのだろうか。

辛い思いをしてないだろうか。

……ひとりぼっちだった私に、声をかけてくれたリョウ様の笑顔が浮かぶ。

楽しいことや嬉《うれ》しいことを教えてくれた。

リョウ様が辛いのだとしたら、私も、辛い……。

リョウ様のことを思い出したら目の奥が熱くなった。

リョウ様と過ごした学園での日々を思い出すたびに、泣きたくなってくる。

だって、今の私には、あまりにも眩《まぶ》しすぎるから。

「早く、早くリョウ様を見つけてあげたい……」

思わずそう呟《つぶや》くと、口から白い息が漏れた。

上を見ると、どんよりとした曇り空で、雪が降りそうだった。この地域ではとても珍しい。

「きっと見つかります」

アンソニー先生がそう声をかけてくれたので、そちらを向く。

私の魔法がかかったばかりの頃と比べると、少しだけ人間らしさのようなものが出てきた気がする。顔は依然として無表情だけど。

……たまに、先生が、もう死んでることを忘れそうになる。

でも、私と先生の間にある確かな繋がりが、先生の死を意味していて、その度に自分の犯した罪に押し潰される。

その罪の重さに、いつもすり潰されてしまいそうなのに、それでも、私は力を使うことを止められない。

だって、リョウ様がいないのに、何もしないなんてできなくて……。

でも、リョウ様を見つけるために、足掻《あが》けば足掻くほど、私は毒沼の深みにハマって沈んでいく。

毒沼の中に沈んで沈んで、リョウ様を見つけた時には、きっと汚れ果てている。

先ほどまで、リョウ様に会いたいという気持ちだけだったのに、言いようのない恐怖が足元から這《は》い上がってくる気配がした。

アンソニー先生を魔法で操り、屍《しかばね》を集めて魔物を作る私を、リョウ様はなんと思うだろう。

そんなの決まってる。軽蔑される。

リョウ様は、とっても優しくて、強くて、太陽のような人だから、私がしてしまったことを知ったら、私のことを軽蔑する。嫌われる。

もう笑いかけてくることもないかもしれない。

こんな穢《きたな》い私をきっとリョウ様は遠ざける。
私にとって特別な、リョウ様と出会った学園での日々が、暗い影を落として遠ざかる。
きっともう、あんな風に笑い合うことなんてない。気軽に触れ合うことも……。
だって、穢《けが》れた体で、リョウ様に触れることなんてできるわけがない。
頬に冷たいものが当たった。
とうとう雪が降ってきた。
もしここにリョウ様がいたら、雪を見てなんと言うのだろう。
何を思ったりするのだろう。
寒いから、と言って二人で手を繋いで指を温め合ったりしたかもしれない。
……私が、穢れてさえいなければ。

第五十五章　魔物編　腐死精霊魔法とシャルロットの想い

ひたすらに泣いていたシャルちゃんが落ち着いた頃を見計らって、私は口を開いた。

ここまでの経緯を説明しなくちゃいけない。

でも、どこまで伝えるべきか……。

「どこから話したらいいか……まず、そうですね、ヘンリー殿下の記憶がなくなってしまったのが始まり、かもしれません」

「殿下の記憶が？」

シャルちゃんがそう言って、目線をゲスリーに移した。

ゲスリーちゃんはあいも変わらず自由で、今はぼーっとした顔で空を眺めてる。

「はい。ちょっとトラブルがあって、殿下の頭に強い衝撃が加わって記憶をなくしてしまったんです。少し幼児返りもしていて……それを治療できないかと神縄《かみなわ》をくぐって、結界の中に入ってました」

そこまで説明すると、シャルちゃんが不思議そうに首を傾《かし》げた。

いや、うん、意味わからないよね。

記憶喪失の治療に、なんでわざわざ結界の中に入る必要があるのかっていう疑問が湧くよね。

シャルちゃんには全てを話してもいいような気もするけれど……。

私は目線だけ動かしてアンソニー先生を見た。

彼は、何故かこちらには興味なさそうで、まっすぐ前だけを見てる。

ぼーっとしてる、といった感じだ。

そういえば、アンソニー先生のことだから、私たちと再会したらウィンクの一つでも飛ばして茶目っ気たっぷりに無事を喜んでくれそうなのに、さっきからずっと無言だ。

どうしたんだろうか。

「では、リョウ様は半年もの間、ずっと結界の中に？」

尋ねる声にハッとして視線をシャルちゃんに戻した。

「いえ、それが……私たちの感覚では、結界の中に入っていたのは数時間という感じなんです。でも、結界の外に戻ってきてみたら、半年が経過していて……。これについては、何故なのか、私もうまく説明できません」

シャルちゃんも驚いたようで目を見開いた。

申し訳なく思いながら、私は続けて口を開く。

「それと、殿下の記憶喪失を治すために、結界の中に入った理由についても、今は答えられなくて……すみません」

今はどういう立場かわからないけれど、王国騎士のアンソニー先生がいる前では話せない。

私がそう決めて、一旦は生物魔法のことは話さない方向性で話を進めると、シャルちゃんが悲しそうにこちらを見た。

「私には、言えないことなのでしょうか？」

シャ、シャルちゃん！　そんな寂しそうな顔しないで！　ごめん！　本当にごめん！

シャルちゃんのアンニュイな表情に思わず、全てを詳《つまび》らかにしようとしたところで、どうにか我に返った。落ち着け、私。

やっぱりアンソニー先生がいる前は危険だ。

アンソニー先生は、王国騎士である前に、非魔法使いだ。

私はつい先日、カイン様なら、生物魔法のことを話しても大丈夫だろうと勝手に思い込んで、彼を傷つけてしまった。

「その、ごめんなさい、シャルちゃん、その今は言えないというか、その……」

と小声で話しながらアンソニー先生をチラチラと見た。

伝わって！　シャルちゃん！

私の必死のアイコンタクトが功を奏したようで、とうとうシャルちゃんがハッとしたように目を見開いた。

「あ、このアンソニー先生のことでしたら、お気になさらないでください。無害ですから」

シャルちゃんの口から笑顔で放たれた言葉に思わず目を見開いた。

「無害、ですか……？」

なんだかまるで、アンソニー先生が、シャルちゃんの所有物になったかのような……。どうも引っかかるというか……。

「あ！　え、えっと……！　違います！　無害っていうのは、その、そういうわけではなくて……す、すみません！　ただ……あの！　アンソニー先生は、王国騎士を辞めて、その、私の私兵のような存在になったといいますか……」

シャルちゃんの私兵に？

「そうなのですか？」

アンソニー先生を仰ぎ見てそう尋ねると、先ほどからずっと遠くを見ていたアンソニー先生が顔だけでこちらを向いた。

「はい。私は、シャルロット様の僕《しもべ》です」

し、僕！

僕という単語に、そこはかとないエロスを感じるのは、私だけだろうか……。

「し、しもべ……」

横からちょっと戸惑ったような声が聞こえると思ったらアランだった。

顔を若干赤らめている。

よかった。僕からエロスを感じるのは私だけではなかった。

「僕だなんて！　やめてください！　あ、あの！　別にリョウ様がお話しになりたくないのなら、無理に聞こうとは思ってなくて……私は、リョウ様さえ無事なら、それでいいんですから！」

シャルちゃんが慌てたようにそう言った。

照れてるのだろうか。

少々顔を赤らめながら、少し目に涙を溜めておっしゃるシャルちゃんは天使と言って差し支えなく、私はエンジェルシャルちゃんに感謝の祈りを捧げる。

それにしてもシャルちゃんたら……いつの間に。

そういえば、アンソニー先生が、私の護衛として旅に同行した時、途中からシャルちゃんとアンソニー先生の二人でいることが多かったような気がする。

そっか、アンソニー先生ったらシャルちゃんの僕に。

先ほどから、アンソニー先生の様子がおかしいように思ったのも、シャルちゃんに恋したアンソニー先生が硬派に路線変更した故かもしれない。

ほら、以前の先生は、かっこよかったけれど、ちょっとキザすぎるというか、顔がいいから許されてたところあるけれど、ちょっと女性に対してチャラついてるとも言えなくもなかったしね！

「し、僕《しもべ》とかの話はいいとして、シャルロット、半年の間に何があったんだ？　聞いた話だと、戦争が起きそうになってるって……本当か？」

アランが少々吃《ども》りながらも話題を変えた。

アンソニー先生との恋話を展開しようかと思っていたところで、現実に引き戻される。

まだ、そんな恋話なんて話せるような余裕はないのであった。

アランの言葉でシャルちゃんも真面目な顔に戻って口を開いた。

「……はい。ルビーフォルン領とグエンナーシス領が手を組んで、王国に敵対することを宣言しました。アレクサンダー率いる剣聖の騎士団が、反乱軍をまとめています。反乱軍は魔法使い至上主義の廃止を掲げると、その理念に賛同する非魔法使いの人たちも反乱軍に加わるようになって、今ではずいぶん大きな組織になってます」

「原因は、私と殿下が姿を消したこと、ですか？」

「はい。その……」

と言いにくそうにシャルちゃんは言うと、ちらりとゲスリーを見た。

「殿下が、リョウ様を亡き者にしたのだという噂が流れて……」

やっぱりそうか。そうだよね。

ああ、頭が痛くなってきた。

「今から、殿下を連れて国に戻ったら、どうにかなったりしないか……？」

力のない声でそう提案したのはアランだった。私は、ちらりとゲスリーに視線を向けた。

ゲスリーは呑気《のんき》な顔で、しげしげとアンソニー先生を見てる。

未だゲスリーの記憶は戻っていない。

素知らぬ顔をして私とゲスリーで国に戻り、事故に巻き込まれて記憶を失い、しばらく私とゲスリーは彷徨《さまよ》っていたが途中で私の記憶だけ戻ったため、殿下を連れて戻ってきた、と説明すればどうだろうか。

いや、流石《さすが》にそんな話信じてくれるわけないか。

だいたいここまでの騒動になってしまったものを、ゲスリーと私が戻ってきたからといってそう簡単に何もなかったことにできるとも思えない。

案の定シャルちゃんは首を振った。

「それは難しいです。その、王国側では、リョウ様が、殿下を害し、世界を混沌に陥れた魔女だと言われてるので……その、戻られたらリョウ様はすぐに捕らえられてしまうかと」

ああそうだった。私魔女とか言われてるのだった……。

途方に暮れていると、シャルちゃんがさらに顔を俯《うつむ》かせた。

「でも、リョウ様を悪者にしようだなんて、そんなの、許せません……。今までリョウ様の恩恵を受けていたくせに……裏切るなんて……」

シャルちゃんからシャルちゃんらしくない、低くくぐもったような声が聞こえて思わず目を見開いた。

相当頭に来てるらしいシャルちゃんは拳を握って、微かに震えてる。

いけない。何かがシャルちゃんの逆鱗に触れたようだ。

私、知ってる。シャルちゃんは怒らせると怖いのである。

「ま、まあ、ルビーフォルン側が最初に因縁をふっかけたのでしょうし、王国側としてはそう主張せざるを得ませんよ。実際ヘンリー殿下も姿を消してましたし……」

怒れるシャルちゃんを前にして、思わず王国側をフォローしてしまった。

いや、だって、さっきからシャルちゃんの周りからこうね、怒りのオーラというかね、すごいのよ。

シャルちゃんの怒りのオーラに震えながらも頭の中でこの先のことを考える。

もう少し現状を色々聞く必要はあるけれど、概ねカイン様が里に下りて集めた情報と同じだ。

ここからどうするべきか。

今更ゲスリー連れて国に戻ったところで、この魔女め！　っていう扱いされて私死ぬ。

かといって、ルビーフォルン側に行ったところで、戦争待ったなしで、それだけは嫌。

……親分は戦争をしたがっていた。

おそらく、私がゲスリーに殺されたという噂を流したのは親分の一味の仕業だろう。

そうやって周りを焚《た》きつけたんだ。

今は魔物が何故か徘徊《はいかい》するという奇妙な出来事を前にして慎重になってるらしいけれど、それもいつまでもつか。

いつそんなの関係ねえとばかりに戦争始まるかわかったもんじゃない。

そもそも魔物が徘徊してるこの状況も早くどうにかした方がいい。

だけど魔物をどうにかしたら、待ってるのは戦争だ。

いや、もう、ここまできたら、戦争は避けられないのでは……？

嫌な考えに行きついて、思わず眉間に皺《しわ》が寄る。

「私は、覚悟を決める時だと思う。王国側につくべきか……非魔法使いとして、反乱軍に力を貸すか」

カイン様の固い声に顔を向ければ、彼は覚悟を決めたような顔で前を向いていた。

カイン様は、もうこの戦争は止められないと思っているのだとわかった。

だから、今後のことを、つまり、どちら側につくのかを問うている。
正直、それは受け入れがたいことで……でも……。
行き場のない気持ちが重くのしかかる。
そういえば、カイン様はどちらにつくつもりなのだろう……。
「カイン様は……」
と言って、言葉に詰まった。
カイン様の気持ちを聞くのが、怖い。
それを聞いて、私はどうするの？
どちらにつくか、決めないといけないの？
私は……。
今まで出会った人たちの顔が浮かぶ。
王都に住んでいる人たちは王国側になるはずだ。
それなら、サロメ嬢、カテリーナ嬢はどうしているのだろうか。
王都にいる人たちはこの状況をどう思っているのだろう。
王都に置いてきた白カラス商会は？
学園や王都で過ごした日々。そこで出会った人たちの顔が浮かぶ。
そして、ルビーフォルン領側にいるだろうバッシュさんの顔が浮かんだ。

バッシュさんは、きっと私が行方不明になったせいで苦しい立場に立たされている。ウ・ヨーリを害されたと知ったルビーフォルンの領民をバッシュさんの力で抑えるのは難しい。

領民を戦争に巻き込みたくないという気持ちとどうにもならない現状に、辛い思いをしたかもしれない。

タゴサクさんたちウ・ヨーリ教徒のみんなの顔が浮かぶ。

きっとウ・ヨーリを害されたと知って悲しんだり怒りを覚えたりしてるのだろう。

その気持ち自体は、きっと純粋なもので……。

そして、親分。どうして止まってくれなかったのだろう。

私は、親分が戦わなくてもいい道を探してきたつもりだ。

いま、たくさんの命が失われるかもしれないこの状況は、本当に親分たちの望むことなの？

私は何かを堪《こら》えるように、目をぎゅっと閉じる。

コウお母さんは、どうしているだろう？

無事だろうか。

魔法使い至上主義の廃止に賛同する非魔法使いが反乱軍に集まっているというのなら、コウお母さんも反乱軍側にいるのだろうか……。

「シャルちゃんは、今、どういう立場にいるんですか？　シャルちゃんは精霊使いだから……王国側、なのでしょうか？」

私がそう尋ねると、シャルちゃんは首を振った。

「私は、今は反乱軍側にいます」

となると、シャルちゃんの僕《しもべ》と名乗ったアンソニー先生も、反乱軍側か。

「それに私以外にも、カテリーナ様やサロメ様もです。グエンナーシス領出身の魔法使いやリョウ様を知ってる学園の卒業生の多くは、反乱軍側につきました」

「そうなのですか⁉」

私が純粋に少し驚いてそう返すと、シャルちゃんの目がカッと見開いた。

「当然です！　リョウ様を魔女と貶《おとし》めた王国軍側になんかつくはずがありません！」

「そ、そうですか……」

シャルちゃんの熱量がすごい。

シャルちゃんの眼光に少しばかり後退《あとずさ》りしていると、「ただ……」と言って、悲しそうに俯《うつむ》いた。

「学園の卒業生の多くはリョウ様の味方ですが、出身地の関係で王国側につくしかなかった人もいて……」

ああ、そっか……そうだよね。そうなると、もし戦争が始まったら、あの仲の良かった学園の子たち同士で争わないといけなくなるってこと……？

思わず唇を噛んだ。

こんな理不尽なことってない。

学園に魔物が襲ってきた時、力を合わせて戦った学園のみんなが、二つに分かれて争わなくちゃいけないなんて。

シャルちゃんたちグエンナーシス領の子たちが反乱軍側だとして、多分、出身地の関係で、精霊使いのリッツ君やユーヤ先輩はおそらく王国側だ。

クリス君はどうだろう。非魔法使いではあるけれどレインフォレスト領出身だし……。

そして出身地でいえば、ここにいる……アランも……？

「シャルちゃん……レインフォレスト領の動きはどうなっているか、わかりますか？」

私がそう尋ねると、シャルちゃんはアランたちを一瞬見てから申し訳なさそうに首を振った。

「レインフォレスト領は、王国側に恭順を示しました」

「レインフォレスト領が？　母上は、リョウを魔女と貶めた国についたのか？」

アランから掠《かす》れた声が漏れた。意外だと驚くような響きだ。

「しかたありません。殿下とリョウ様がいなくなられたのはレインフォレスト領の滞在中のことで、しかも一緒にアラン様とカイン様もいなくなってしまったので、二人が何か関わっているのではないかと噂され……。苦しい立場に立たされたのです。すぐにでも国に恭順の意思を示さなければ、おそらく王国は、レインフォレスト領をまず敵とみなして制裁を加えていたと思います」

シャルちゃんの言葉に思わず気持ちが暗くなった。

アイリーン様に迷惑をかけてしまった。

それに、国の中枢で宰相を務めてるアランのお祖父《じい》さまも、辛い立場だったに違いない。

見れば、アランもカイン様も苦々しい顔をしていた。

カイン様がふと顔を上げて私を見た。

「リョウは、どうする？」

そう尋ねてきた。どきりとした。

どうする、というのは、つまり、どちらにつくのか、と聞いてるんだ。

どちらかにつかなければならないというのなら、私は当然ルビーフォルン側……反乱軍側だ。魔女と貶《おとし》められている状況を顧みるに、王国側に戻れば捕らえられる。むざむざ殺されるとわかって、王国側にはいけない。

でも……いやだ。

それは別に王国側につきたいということじゃなく、私は争いたくなんてない。

だって、私には、反乱軍側にも、王国軍側にも大事な人がいる。

どちらかと戦わなくちゃいけないのは、嫌だ。

「……私は、どちらにもつく気はないです。まだ、戦わずに済む方法が、あるはず、です」

思ったよりも力のない声が自分の口から漏れて、悲しくなった。

こんな弱々しく言いたくない。もうどこか諦めてるみたいじゃないか。

もうこの争いは止められないんだって……。

でも、嫌だ。何か、何か、できることがあるはず。

今にも戦争が始まりそうなこの状況で、なにか……。

あ、そういえば、すぐにでも戦争が始まりそうだったところで、戦争が行われなかったのは、確か……。

「そういえば、魔物……魔物が徘徊《はいかい》するようになったんですよね？　原因はわかってるんですか？」

私がそう尋ねると、シャルちゃんは、一瞬ビクッと怯《おび》えたように肩を震わせた。

「シャルちゃん？　大丈夫ですか？」

思わずそう声をかける。

「あ、大丈夫、です！　えっと、すみません、魔物のこと、ですよね？　その、私……魔物が苦手で……」

うん、わかるよ。私も魔物は苦手だ。

何しろ奴らは、おぞましい。生理的に受け付けられない。

シャルちゃんは魔物の話になって少し怯《おび》えたような顔を浮かべてから、再び口を開いた。

「突然、魔物が、この辺りに出てくるように、なりました……。人を襲ったりはしないのですが……。魔物が出てきた原因は、その、よく、わかりません」

シャルちゃんは、右手で自分の左腕を掴《つか》んで、辛そうに話した。

「……魔物を利用するというのは、どうだ？」

アランが難しい顔をしながらそう言った。

「魔物を利用……？」

「学園にいた時、魔物が来てみんなで協力し合って追い出しただろ？　その頃って、学園の奴らも一枚岩じゃないというか、魔法使いと非魔法使いの垣根は確かにあったんだ。でも、あの騒動で、仲間意識が芽生えた」

「つまり、今徘徊《はいかい》している魔物を王国軍と反乱軍と協力して倒すことで、諍《いさか》いを止めるってことですか？」

私がそう確認するとアランが頷《うなず》いた。

うーん、しかし、そんなにうまくいくだろうか。

現時点で、魔物の問題を放置して、お互い睨《にら》み合ってる現状を思うと、学園の時のようにうまくいく気がしない。

そもそも反乱軍と王国軍が仲良く魔物退治をするという状況を作り出すのが至難のわざのような。

しかも、今のところ魔物は人に危害を加えてこないという話だ。学園の時は切羽詰まった状況だからこそ、連帯感や仲間意識を持てた。

今の状況ではそれも難しい……。

「やっぱ厳しいか……」

アランが疲れたような顔でそう言った。自分で提案しながらも無理があると思ったのだろう。

私も、厳しいと思う。

ここまでこじれてしまった状況だ。それに親分は戦争を起こしたがってる……。

あれ、でも、待てよ……。

「私たちがたくさんの魔物を倒していけば、王国側の心証がよくなるかもしれない」

思わず呟《つぶや》いた言葉に、みんなが私の方を向く。

「私とヘンリー殿下が力を合わせて、魔物と対峙《たいじ》している姿を見せていけば、王国側の誤解は解けるかも」

もしかしたら、魔女の汚名を返上できる、かも？

私と、表向きはゲスリーも一緒という体《てい》で魔物を制圧。

魔女だといって私を殺そうとする王国側も、実際に魔物の騒動をゲスリーと共に収めていく姿を見れば、話ぐらいは聞いてくれるようになるかもしれない。

そしてゲスリーとともに魔物を制圧した私に、王国軍側もそう無体なマネはしないはず。

場合によっては、王様と言葉を交わす機会を得ることができるかもしれない。

王と言葉を交わせる所までできたら、反乱軍との和平交渉の打診ができる。

……交渉の手札はいくつかある。

手札の一つは、生物魔法だ。

生物魔法の存在は秘匿《ひとく》されてるけれど、おそらく王族は知ってる。

実際、ヘンリーは知っていた。知っていたから、私を殺そうとしたんだ。

ヘンリーは、カイン様を剣で刺し、私が生物魔法を使わざるを得ない状況を作って、私の力を確かめた。

そして記憶を失う前のヘンリーは確かに言ったんだ。「生物魔法が使えたのか」と。

となれば、あのテンション王も、生物魔法のことを知ってるはずだ。

生物魔法を交渉材料にして、戦争が始まる前に和平を結ぶことができたら……。

それに私が王国側につけば、反乱軍は手を出せない。

反乱軍はウ・ヨーリのために、つまり私のために戦おうとしているのだから。

「そうです！　そうですよ！　リョウ様、それがいいと思います！　つまりリョウ様が、魔物を退治した英雄になるということですよね!?　そうなれば、流石《さすが》に愚かな王国側の人たちも、魔女だなんて言ったことが間違いだって気づきます！」

興奮したようなシャルちゃんの声に、私ははたと我に返った。

「え、英雄……？」

いやいや、英雄て……。いや、英雄か。

シャルちゃんの言ってることは間違いではない。私は英雄という称号を得ることで、王と面会する権利を得ようとしてるわけだから……。

ただ、なんとなくタゴサクさんのタゴサイックスマイルが脳裏に浮かぶ。

なんか、この流れって、あんま良くないっていうか……。

英雄とか女神とか、そういう単語に私、ちょっと敏感でして、こう、昔のトラウマがね……。

と思ったけれど、シャルちゃんはキラキラした瞳で私を見てる。

もうそれしかないとでも言いたげだ。

うっと言葉に詰まった。

「悪くないとは思うが、ただ、魔物は無闇に暴れ回ったりはしないのだろう？　それを倒して回ったとして、英雄となりうるだろうか？」

冷静なカイン様の声に、私は飛びついた。

「た、確かにそうでしたね！　私ってば、魔物といえば人を襲うものだと思い込んでいて、そのことをすっかり忘れてました！　先ほどの私の話は忘れてください！」

慌てて前言を撤回する。

一瞬良いアイデアかと思ったけれど、そうだった。

何故か今、徘徊《はいかい》してる魔物たちは大人しいのだった。

そんなものを倒して回ったところで、英雄になどなりえない。多分。

……良いアイデアと思われたものがなくなったというのに、妙にホッとしている。

私、英雄恐怖症でも患っているのかもしれない。

主にタゴサクさんのせいで。

「……でも、もし魔物が、ただ徘徊するだけではなくて、暴れ回ったりすれば、どうでしょうか？」

シャルちゃんが、そう言った。

「それは、暴れる魔物を退治するのですから、先ほどの策が有効になるかもしれないですけど。でも、実際問題、魔物は大人しいですし……」

「今は大人しいかもしれません。ですが、魔物はリョウ様の手で退治するべきです。魔物なんて、いつ何をするかわかりません。もしかしたら、突然人を襲うようになるかも……」

シャルちゃんにしては強い眼差しで私にそう語り掛けてきた。

何かする前に魔物を処分した方がいいってことか。

確かに、シャルちゃんの言いたいこともわかる。魔物のことをこのまま放置というわけにもいかない。

でも……。

――グルウウオオオオオ
獣の雄叫びのような声が聞こえて、バッと顔を上げた。

「なんだ？　この唸《うな》り声……」

あたりを警戒しながらアランが言う。

私も周りを見渡すと、近くの茂みが揺れた。

来る……！

茂みからバスケットボールほどの大きさのものが飛び出してきた。

ウサギかとも思ったが、違う。魔物だ。

体はウサギのようだけど、顔の部分が、トカゲのようになっている。

先ほどの唸《うな》り声はこの魔物からだ。

私は咄嗟《とっさ》に胸を反らして、魔物のタックルをかろうじて避ける。

空を切って、地面に着地した魔物は、すぐにまたこちら側を向いた。

私は強化の魔法を口ずさむ。

剣があれば、それを握っていただろうけど、今はない。拳ひとつでどうにかするしかない。

先陣を切って攻撃するカイン様の剣を魔物はぴょんぴょんと飛び跳ねて避けていた。

アランも手に火を集めてるけど、その火を魔物に当てられそうになくて立ち止まってる。

強化の魔法で力が有り余ってる私は、近くに落ちていた岩を持ち上げた。

正直、通りすがりのイケメンには絶対に見せたくない怪力具合だが、今はそんなこと気にしていられない。

カイン様の攻撃を器用に避ける魔物を観察し、魔物が次に攻撃を避けた時に着地するだろう場所目掛けて岩を投げつけた。

ドシンと、年頃の乙女が投げたとは思えない音を響かせながら岩は狙った場所に落ち、攻撃を避けた先の着地に失敗した魔物が体勢を崩した。

その隙を逃すようなカイン様ではもちろんなく、魔物の背中にカイン様の剣が刺さる。

もがいて逃げようとする魔物を封じるように、カイン様は魔物を刺した剣を大地に突き立てた。

そして、アランの炎が飛ぶ。

剣に串刺しにされながら、炎に炙《あぶ》られてゆく魔物を見ながら、私は思わず呟《つぶや》いた。

「最近の魔物は、人を襲わないんじゃ、なかったんですか……」

さっきの魔物は、明らかに私たちめがけて襲ってきた、ような気がする。

「……やっぱり、魔物は全て倒すべきです」

シャルちゃんが、炎に炙られていく魔物を見ながら、静かにそう言った。

◇

人を襲わないと聞いていたニュータイプの魔物が、突然襲いかかってきた。

不可解な魔物の行動に違和感を覚えた私たちは周辺を調査することにしたのだが、さほど労力もかけずに、魔物を何匹か見つけた。

思ったよりも、結界の外にいる魔物の数が多い。

そしてこちらの姿を見ると、魔物たちは必ず襲いかかってきた。

人は襲わないといわれていたのは、なんだったの？　ってぐらい攻撃的なのだが。

まあ、どれもこれもすぐに始末することができたけれど、それはここにいるメンバーが最強すぎるからなわけで、こんな魔物たちが人里に下りたらと思うとゾッとする。

そもそもこんなにたくさんの魔物が外に出てるってことだけでも異常なのに……どこかで結界に綻《ほころ》びがあるのだろうか。

ただ、シャルちゃんの話によると、結界の綻び的なものはまだ見つかってないらしい。

魔物が外に出ている現象の謎は、未だ解明されてないのだそうだ。

それと気になるのが、魔物が歩いている方向だ。

魔物はどれもこれも、ある一点に向かって歩いているような気がする。

一晩山の中で野宿することになり、たき火を囲んで明日の進路について皆で話し合う時になって、カイン様が懐から地図を取り出して私たちに見せてきた。

どうやら魔物が向かう先のことに気づいたのは私だけではなかったようだ。

「私たちがいるのは、この辺りだ」

そう言ってカイン様が、ルビーフォルン領の山際のあたりを指した。

「そして魔物たちは、ここから西北の方角に進んでいる」

そう言って指を滑らせると、レインフォレスト領とルビーフォルン領の境を通る大道を指した。

レインフォレスト領とルビーフォルン領の境のほとんどは、大きな山脈で区切られている。

その山脈は魔物がいるため結界で封印されておりどちらの領にも所属していないが、山脈の西側は平地が少しばかり広がっていて、ルビーフォルンとレインフォレストとを行き来するための大道はその平地にある。

そして、この場所は現在……。

「確か、ここは、反乱軍と、王国軍が、陣営を作って睨《にら》み合っている場所、ですよね？」

現在戦争一歩手前の反乱軍と王国軍は、ルビーフォルン領とレインフォレスト領の境目で睨み合っている状態だと聞いた。

「王国軍がいるということは、魔法使いも駐屯しているはずだ。魔物の多くは、魔法使いがいる場所を狙ってくるという話を聞いたことがある。だから、そこに向かってるのかもな」

アランの言葉に、かつて大雨の災厄の際に学園に押し寄せてきた魔物のことを思い出した。

その時も、魔法使いの密度が高い学園に魔物たちは押し寄せてきた。

確かに、魔物の多くは魔法使いを狙ってくることが多い。

でも、全てが全てそうというわけじゃないし、なんだか、今回のことは引っかかる。それだけじゃないような、気がする……。

「とりあえず、こちらに向かいましょう！　魔物たちがここに集まっているとしたら、一網打尽にできるチャンスです！」

やる気まんまんのシャルちゃんが、そう言って拳を作る。

シャルちゃんは、妙に魔物討伐に前向きだ。まあ、シャルちゃん魔物嫌いだしね。いや私も嫌いだけども。

……もし、魔物たちが、平気で人を襲うような状態になっているのだとしたら、倒さなくちゃ。

そうなると、先ほど却下した『私とゲスリーで力を合わせて魔物を退治して、王国軍の心象を良くして和平交渉にこぎつけるぞ作戦』を採用することになるかもしれない。

ある意味、戦を止めたい私たちにとっては、良い流れ、と言えなくもないけれど、どうもすっきりしない。

いや、そもそも、ゲスリーと協力して魔物退治というのが、無理があるか……。

と思ってゲスリーに視線を向けると、バチッと目が合った。

私と目が合うと、彼はにこっと笑う。

「やっとリョウと目が合った」

たき火の灯りに照らされて少し頬が赤く染まってるように見えるゲスリーちゃん。相変わらず無邪気な笑顔だ。

だけどちょっと待って。『やっと目が合った』ということは、つまり……。

「……ずっと見てたんですか？」

「うん！　いつこっち見てくれるかなって」

普段のゲスリーになら、『無断で私のこと見ないでもらえます？』と言いたくなるところだが、今のゲスリーを前にすると、怒る気になれない。本当に雰囲気が、違いすぎるんだもの。

この無邪気なゲスリーのままでいてくれるなら、協力し合えるかも、しれない……。

「あの、殿下って、魔法使えます？」

「使えるよ。呪文を唱えればいいんでしょ？　呪文は全部覚えてる」

彼の返答に思わず目を見張った。

「全部、覚えてるんですか……。自分のことは思い出せないのに？」

やっぱり本当は、記憶を取り戻してるんじゃなかろうな。

疑わしい目で見たのがばれたのか、ゲスリーが途端にしょげ返ったような顔をした。

「ごめんね。自分のこと、思い出せなくて。言葉とか呪文とかは思い出せるんだけど……」

と記憶喪失な己を責めるようにそう言った。

げ返らないで。


ゲスリーちゃん、ごめん、別に責めてるつもりはないの。ごめんね。だからそんなしょげ返らないで。

むしろ記憶はなくしたままでいいってところまであるし。

「いえいえ、別に無理して思い出さなくてもいいんですよ」

ふふ、と微笑《ほほえ》むと、ゲスリーちゃんは途端に笑顔になって、嬉《うれ》しそうに私を見た。

なんか、本当に幼い子供みたいで、調子が狂うなぁ……。

「……殿下がこの調子なら、魔物を退治して英雄になるという作戦は、うまくいくかもしれないな」

冷たい声で、カイン様がそう言った。

どこか私を責めているような口調で、少しだけ心が痛む。

たぶん、カイン様は、私が魔法でゲスリーの記憶を操作してるかもしれないって、まだ疑ってる気がする。

まあ、無理もないか。私だって、隷属魔法を使ったかもしれないと自分自身を疑った。

でも、私はしてない。

「私が殿下の記憶を奪ったわけではありません」

「どうかな」

カイン様が、鋭い視線を私に向けてくるので、私も負けじと見つめ返す。

しばらくしてカイン様が、視線を逸《そ》らして深く息を吐き出した。

「ごめん。まだ、色々混乱しているんだ。本当にリョウを疑ってるわけじゃない。リョウにその力があるのなら、こんな面倒なことにならなかっただろうしね。……それより、たき火に使う枝が足りなそうだ。一緒に来てくれないか？」

カイン様が私を見てそう言った。

「それなら、俺が……」

と言ってアランが声を上げたのを私は手を上げて制す。

カイン様は、私と二人で話したいことがあるんだ。

「わかりました。行きましょう。皆さんはここで待っていてください」

特に心配そうに見てくるアランに向かってそう言うと、私は立ち上がった。


焚き木拾いに誘われて、すごすごカイン様についていく。何か話したいことがあるのだろうと思ってついていきたものの、カイン様が真面目に乾いた枝を集めはじめて十数分。

未だ話しかけてこない。

とうとう私は、枝を集めるカイン様の背中に向かって声をかけることにした。

「カイン様、わざわざ呼び出したのは、私と話したいことがあるから、ですよね？」

なんだか緊張する。

カイン様が、今何を考えてるのかわからないから、特に。

しかも、このシチュエーション、つい先日もあったぞ。

カイン様が、いきなり色っぽい眼差しで私のことを見てきて、キスしたこと気にならないの？　とか甘ったるく語りかけてきた記憶が蘇る。

そしてその記憶とともに思い出すのは、カイン様とのキスだ。

あ、ヤバイ、もっとドキドキしてきた。

私に声をかけられて、振り返ったカイン様を見て、心臓の鼓動が早くなる。

私が知ってるカイン様は、いつも温和で、笑顔を絶やさない。

でも、今は違う。真剣な顔で、私だけを見てて、まるで知らない大人の人みたいな顔をして……。

「ただリョウと二人きりになりたかったからだって、言ったらどうする？」

微かに笑みを浮かべて、どこか甘い響きで囁《ささや》くようにそう言った。

これは、あの時と同じ！『キスしたこと私は気になってるよ』と告げてきた色っぽいカイン様と一緒！

どうしよう！　甘ったるい空気になってきた！

カイン様の色っぽさにまんまと胸のときめきが抑えられない。

落ち着け、落ち着け私。

動悸《どうき》と息切れを覚えた私の耳に、くつくつとからかうようなカイン様の笑い声が響く。

「冗談だよ。いや、リョウと二人きりになりたいっていうのは、本気だけどね。リョウに話したいことがあるんだ」

愉快そうに笑うカイン様をじろりとねめつける。

本当にからかうのはよしてくれます!?

こちとら年頃ですよ!?

大体カイン様が、どれほど魅惑的な力をお持ちになっているかお気づきでないのが困る。

なんだかからかわれたのが悔しくて、私はちょっと不満げに顔を顰《しか》めてみせた。

「話したいことってなんですか？」

「……アンソニー先生の様子がおかしい。違和感がある」

「違和感、ですか？　確かにいつもとは違う、とは思いましたけど……」

シャルちゃんの僕《しもべ》とか言っていたので、恋が人を変えたみたいな感じなのかと思ったりもしたけれど……確かに違和感はある。

今のアンソニー先生は基本無言で、話しかければ話してくれるけど、どれも事務的というか……。

「アンソニー先生は、殿下と同じように記憶を失くしている、ような気がする」

「先ほど久しぶりに先生と手合わせしたくて、声をかけた。その時先生は、私と最後に手合わせしたのが学園の時だと言ったんだ。だが、違う。私と先生は王城に勤めてた。学園卒業後もそこで何回も手合わせをしている」

アンソニー先生の、記憶が抜け落ちてる……？

あれ、そういえば、私も、そんな風に思ったことがある。

『たくさんの命を救うために、大切な人の命を捨てなければないとしたらどうするか』

ずっと前に、その言葉を私に語り掛けてくれたのは、アンソニー先生だった。

けれど、アンソニー先生はそのことを覚えてないと言っていた。

「記憶の欠け。アンソニー先生だけじゃない。殿下もそうだ」

私はハッとしてカイン様を見た。

「ち、違います！　私は、本当に隷属魔法とか、記憶を操るような魔法はわからないんです！　絶対に使ってません！」

「わかってる。もしそんな魔法が使えるなら、これほど困ってない。だが、状況が似すぎてる。……もしかしたら、リョウ以外にも、生物魔法を使える人がいるのかもしれない。そしてその人は、リョウも使えない隷属魔法というものも使える可能性がある」

カイン様にそう告げられて、私は思わず息をのんだ。

「記憶を？」

隷属魔法を使える人がいる？　人を操ることができる人が……。

ぞっとした。

一時は自分も使おうと考えてしまった恐ろしい魔法を誰かが使えるとしたら……。

改めて生物魔法の恐ろしさが、身に染みる。

カイン様の話に頷《うなず》きそうになって、ふと気づいた。

けど、アンソニー先生もゲスリーも隷属魔法を使われたなんて……そんなこと、本当にあり得るのだろうか。

ゲスリーが隷属魔法をかけられたとして、それができた人は限られてる。生物魔法を使う時は、基本魔法をかけたい相手に接触しないといけない。そう考えると、ゲスリーに魔法をかけられる距離にいて、生物魔法を知ってるのは、私しかいない。でも、私はかけてない。

となると、やっぱりゲスリーの記憶の欠けは、頭に固いものがぶつかった衝撃のせいだ。

それに、アンソニー先生の記憶が欠けているとして、ゲスリーと違うのは、記憶が欠けていることをアンソニー先生自身が隠してる風な印象を受けることだ。

本当に、記憶を失くしたり一部でも欠けていたりするのなら、ゲスリーみたいに混乱するはずで……。

「生物魔法を使えるのは、非魔法使いだけなのだろう？　だとしたら、今後のことをよく考えた方がいいかもしれない。もし人を意のままに操る魔法を使える者がいるのだとしたら、反乱軍側にいる可能性が高い。そうなれば、王国軍側の勝利はない」

カイン様はそう言った。

カイン様は記憶を操作するような魔法を誰かが使えるかもしれないと思ってる。そしてその人は当然非魔法使いなのだから、今回の戦においてはルビーフォルン側にいると踏んでいる。

だけど、私は、そうは思えない。

一瞬、シャルちゃんの顔が浮かんだ。

アンソニー先生と妙に急接近したような感じのシャルちゃん。

シャルちゃんの可愛らしい微笑《ほほえ》みとともに、突拍子もない考えが浮かんで、慌ててそれを思考の奥に押し込んだ。

違う。そんなこと、あり得ない。

絶対に。

『リョウは神をも砕く力を持っているとわかっていて、その力を使わずにいられるのか？』

そう以前私にカイン様が問いかけた言葉が浮かぶ。

その時、私は何も言えなかった。

神をも砕く力と言われて、私は咄嗟《とっさ》に隷属魔法のことを考えた。隷属魔法は、確かにこの国を、世界を一変させるほどの恐ろしい力がある。

でも私は隷属魔法を使わなかったんじゃない。使えなかっただけ。

もし使えていたとしたら、使ってしまっていた。おそらく多くの人が、強大な力の誘惑には勝てない。

その恐ろしい力を使ったら、もう取り返しのつかないことになると、わかっていても
……。


野営を終えた私たちは日の出とともに再び移動をして目的地についた。

そこにある少しだけ小高い丘の上に登る。

ここからだと、ルビーフォルンとレインフォレストの境に広がる平地がよく見渡せるから。

「これは一体なんなんだ……」

アランが、暗い声で呟《つぶや》いた。

その声に応じられる余裕がある者は、私も含めてこの場にはいない。

いま、私たちの眼下に、三つの集団が向かい合っている。

まず一つは、魔物の集団。醜い化け物が集まって、平地の中心にいた。

魔物たちが向かう先は、予想通り王国軍と反乱軍がいる場所で、魔物たちはこの場にたどり着くと、何故か徒党を組んでその場に居座り始めた。

今も続々と新しい魔物たちが集まっているので魔物の集団はどんどん大きくなるばかり。

そしてこれらの魔物の集団を警戒するようにして、別の二つの集団が見張っている。

その二つの集団は互いに武装をしていて、一つは、王都で見慣れた王国騎士の鎧《よろい》を着込んだ集団。王国軍だ。王家の紋章の旗を掲げている。

そして彼らの反対側で、魔物にも、そして王国軍にも警戒しながら構えているのは、不揃いな鎧や胸当てなどを着て、バラバラの少々粗末な武器を持つ集団だ。

タンポポの花を模したような印を縫い付けた旗を掲げていた。

ルビーフォルン領とグエンナーシス領の連合反乱軍だろう。

「本当に、戦争をするつもりなんですね……」

カイン様やシャルちゃんから聞いてはいたけれど、人間同士が武装して向かい合っている状況を見たら、改めて恐ろしくなった。

「それにしても、あの魔物たちは一体……。何か目的があるような気もするが、その目的がよくわからない……」

戸惑うカイン様の言葉に私も頷《うなず》く。

人は襲わないといわれていた魔物が、突然襲いかかってくるようになり、しかも、何故かここに集まり出した。

反乱軍も王国軍も突然の魔物の出現に戸惑っているのが目に見えてわかる。

きっとここで、私とゲスリーが力を合わせて魔物を一掃したら、私に着せられた魔女の汚名を返上できる。

そうしたら、誤解も解けて、戦争も止められるかもしれない。

……なんて、都合のいい魔物たちなのだろうか。

「見てください、リョウ様！　魔物たちの様子が！」

シャルちゃんの声に促されて改めて魔物たちを見ると、先ほどまで大人しくしていた魔物たちが、唸《うな》り声を上げ始めた。王国軍や反乱軍たちを威嚇《いかく》しているかのようで、今にも襲いかかりそうだった。

「僕、何すればいい？　あれをやっつければいいの？」

「そうだけど、ちゃんと魔法使えるのか？」

ゲスリーとアランの会話が聞こえた。

アランは、ゲスリーが殿下であることを完全に忘れてるかの如く気安い話し方をする。

「問題ないよ」

ゲスリーはそう言うと呪文を唱えた。

すると魔物と反乱軍や王国軍の間に高さにして十メートルはありそうな土壁を作った。

相変わらず魔法の規模が、凄《すご》すぎる……。

「いや、王国軍と魔物を隔てるのはだめだろ。殿下とリョウが魔物を倒すところを見せないといけないいんだから」

「わかってるよ。こうするんだ」

ゲスリーは再び呪文を唱えると、先ほど立ち上がった大きな土壁が、魔物たちがいるところ目掛けて倒れてきた。

ズドンと、大地を響かせながら倒れた土壁の下には魔物たち。

何匹かは生き残ってるみたいだけど、大多数の魔物が土壁の下敷きになった。

なんという呆気《あっけ》なさ……。

アランが息を呑みながらも渋い顔をした。

「……俺たち、というかリョウの活躍の場を奪いすぎるのもダメだ」

「えー？　注文が多いなあ」

と不貞腐《ふてくさ》れるゲスリーは相変わらず呑気《のんき》だけど、本当に改めて今の時点でゲスリーが味方でいてくれることに感謝した。

これで記憶を思い出して私を始末するために暴れ出したら、もう手のつけようがないというか、確実に私やられる。

「リョウ。王国軍が先ほどの土壁を見て殿下が近くにいることに気づいたようだ。殿下とともに魔物を倒す姿を見せつけるなら今だ」

カイン様に促された。

わかってる。ゲスリーと一緒に魔物を倒さなくちゃ。

「そう、ですよね……」

「リョウ、俺が作った剣だ。これを使ってくれ」

アランに長剣を渡された。

その柄を握る。

「よーし、どれだけ魔物を倒せるか競争しよう！」

明るいゲスリーの声。

「おい！　だから、倒しすぎるなって言ってるだろ！」

そう言って追いかけるアランと、呆《あき》れたように少し微笑を浮かべてアランと同じように後を追うカイン様。

そうだ。行かなくちゃ。私も続かなくちゃ。せっかくの舞台なのだから。

「リョウ様、行きましょう！　これでリョウ様にかかった疑いを晴らせます！　そうしたら、全部思い通りです！」

シャルちゃんの声に、そちらを振り返る。

キラキラと瞳を輝かせた笑顔のシャルちゃんが私を見てた。

いつも可愛い笑顔。シャルちゃんは私といる時、本当に楽しそうにしてくれて、私も一緒にいると本当に楽しくて……。

「あの、シャルちゃん……」

私が声をかけると、シャルちゃんは笑顔のまま首を傾《かし》げる。

シャルちゃんは、私が話をする時、いつもちょっとだけ前のめりだ。私の話すことを少しも聞き漏らしたくないって感じが伝わってきて、嬉《うれ》しくて、同時にちょっとこそばゆい。

私もシャルちゃんの話を聞くのが大好きで、くだらないおしゃべりであっという間に時間が過ぎていくことだってある。

シャルちゃんの優しくて可愛らしい声が好き。ゆっくりで柔らかくて穏やかな話し方も大好きだ。

シャルちゃんの後ろにいるアンソニー先生を見た。ぼーっとしていて、笑っているでも泣いてるでもない、表情のない顔をしている。

認めたくないのに、嫌な予感が確信に変わりつつある。

記憶の欠け。魂が抜けたような顔。性格までも変わってる。

多分、アンソニー先生は、もう……。

思わず目を瞑《つぶ》った。

アンソニー先生は、もう死んでる。

いつ、どこで。理由はわからない。でも、そう考えると、辻褄《つじつま》が合う気がした。

アンソニー先生はすでに死んでいて、シャルちゃんがそれを……魔法で操ってる。

拳に力が入った。

シャルちゃんになんて言う？　何を言えばいいの？

わからない。わからないけど、何かを言わなければならないような気がする。

だって、シャルちゃんがそうしてるのは、きっと私のためだ。

シャルちゃんは、私のために禁忌を犯してくれている。

「どうか、しましたか？　あの、早くしないと、殿下たちだけで魔物を倒してしまうかも……」

シャルちゃんの心配そうな声に、再び目を開けた。シャルちゃんは、前を向いていて、私も一緒になってその視線の先を目で追う。

魔物と戦ってるアランたちの姿が見えた。

魔物は、おそらく、魔法の力で屍を寄せ集めて作った魔法生物だ。

魔物と呼ばれるものが初めて出てきたのは、前王国が滅んだ後。

腐肉と腐臭の魔女王と呼ばれた、腐死精霊使いの女王が、戦い合う非魔法使いと魔法使い含めて虐殺して回ってからだ。

人々は女王を恐れ、彼女が生み出した動く屍《しかばね》の集団ごと女王を封印した英雄を王にして、今のカスタール王国が建国された。

そして、今、結界の外で突如として現れた魔物は、シャルちゃんの力で作られた、屍の寄せ集めだ……。

結界の中で蠢《うごめ》く魔物たちは、魔女王の力で作られた屍の寄せ集め。

魔物たちのいろんな動物をつぎはぎにしたような見た目には、意味があった。

生き物の形を保つために、様々な生き物の屍の、まだ腐ってない部分を拾い集めてくっつけてるから、つぎはぎのような見た目をしてる。

もともと死んでるのを魔法の力で動かしてるだけだから、魔物を倒すためには体を燃やして形を全てなくす必要があるんだ。

……あの日の前に広がる魔物の大群は、おそらくシャルちゃんが作って、操ってる。

結界からこちらの世界に戻った時、人を襲わずにただウロウロと徘徊《はいかい》していた魔物たちの目的は、私を探すため。

だから私と目が合った時に、魔物たちは遠吠えしたり、暴れたりという反応を見せた。

私を見つけたと、シャルちゃんに知らせるために。

そして現在、魔物たちに下された命令は、王国軍に対して魔物たちが脅威であることを示すこと。そして、私に、倒されること。

シャルちゃんは、私が魔物を倒しまわって英雄になり、戦争を止めるという考えに乗り気だった。シャルちゃんは、それを実行するべく、魔物を操ってくれているんだ。

アンソニー先生が死んでしまったことの喪失感と、シャルちゃんがしていることの悲しさと、よくわからない焦燥感で胸の中がごちゃごちゃで……。

でも、今、一番辛いのは、シャルちゃんだ。

私のために、心を殺して禁忌を犯してくれている。

優しいシャルちゃんが、こんなことしてなにも思わないわけないのに……！

「シャルちゃん、私のために、こんなこと、しないで……」

「……え？」

涙で滲《にじ》む視界にシャルちゃんの強張《こわば》った笑顔が映る。

「魔物を操っているのは……シャルちゃんですよね？」

声が震えた。

シャルちゃんの目が見開かれる。

そして、シャルちゃんの横に立っていたアンソニー先生が、突然倒れるように膝を折った。

それと同時に、耳障りな音があたりに響き渡る。
魔物の声だ。悲鳴のような、断末魔のような、嘆くような声。
まるで、シャルちゃんの動揺が、彼らにも影響したかのように。
「あ……な、なにを……リョウ、様……」
シャルちゃんの顔を見て、私の推測が正しいことを知る。
ごめん、ごめんシャルちゃん。
私の浅はかさが、シャルちゃんに辛いことを強いてしまった。
「アンソニー先生も、シャルちゃんの魔法で動いているんですよね？」
努めて落ち着いた声を出そうとするけれど、震えてうまくいかない。
でも、伝えなくちゃいけない。
シャルちゃんに、こんなことしなくていいって、言わなくちゃ。
こんなことを続けていたら、そのうちシャルちゃんの心が壊れてしまう。
私にはわかる。
だって、私だって、同じだった。
現状をどうにかするために、隷属魔法というおぞましい魔法に手を出そうとした。
強い力を前にして、それに手を出さずにはいられない気持ちが、私にはわかる。
もしあの時、隷属魔法を使えてしまったら、私は多分、もうおぞましい魔法なしでは、

生きていけなくなってた。

おぞましいとわかっていながら、誰もが信じられずに、全てに隷属魔法をかけて自分の思う通りに事を進めただろう。

そして、それは、決して自分のためにならない。強い力に依存して、それ以外が信じられなくなって、私の心は死に至る。

シャルちゃんの力も一緒だ。あまりにも強力な力は、きっとシャルちゃんの心を殺してしまう。

そんな力、私のために、使ってほしくない……！

「シャルちゃん、私は……」

そう言って、シャルちゃんの手を握ろうとした。

けれど、私の手は弾《はじ》き返された。シャルちゃんが後ろに下がる。

「触らないでください！」

強い口調で拒絶された。

「こんな、気味の悪い私に触れたら、リョウ様が穢《けが》れてしまいます！」

「き、気持ち悪いなんて思ってない、私は……！」

「いいえ、いいえ！　気味が悪いでしょう？　こんな力！　こんなことをする私が！　気持ち悪くないなんてことないんです！　だって、だって、私自身が、この力の醜悪さを誰よりも知る私自身が！　そう思っているんですから!!」

「シャル、ちゃん……！」

「おい、どうなってるんだ？　魔物が突然、泣き叫んだと思ったら動かなくなった！」

アランたちがこちらに戻ってきているようで、アランの焦ったような声と足音が聞こえてきた。

でも今は彼らに説明している時間も余裕もない。私はまっすぐシャルちゃんを見続けた。

「シャルちゃん、私は、本当に、そんな風に思ってない。私は、私だって……」

「ああ、ばれちゃったんだ」

私がシャルちゃんに言葉をかけていると、妙に落ち着いた声色が聞こえた。

その口調や、声のトーンが、かつての彼のようで、思わず振り返る。

ゲスリーは嗤《わら》っていた。

今までの無邪気で、幼さの残る笑顔じゃない。

記憶を失う前によく目にした、彼のどこか胡散《うさん》臭い、笑顔。

「殿下、記憶が戻ったのですか……？」

彼は何も言わない。

だけどその顔を見て、彼は記憶をとっくに取り戻していたのだとわかった。

「シャルロット嬢、君のおぞましい力は実に興味深かった」

おぞましい、と言われてシャルちゃんが傷ついたように一歩下がる。

「殿下、シャルちゃんは、私のために……！」

「そうだね。……リョウが扱う魔法ほど、おぞましくない」

私に向けられた言葉に、思わず息をのむ。

「シャルロット嬢、魔物を倒して戦争を止めるなんて、莫迦《ばか》な考えはやめた方がいい。こんなことをしても、王は考えを改めない」

ゲスリーはそう言って、シャルちゃんに手を差し伸べた。

戸惑うようにシャルちゃんはゲスリーを見る。

「シャルちゃん、殿下から離れてください。記憶が戻った殿下は、何するかわからないです！」

私がそう言うも、シャルちゃんはまっすぐゲスリーを見てる。

そしてゲスリーは、シャルちゃんに近づいて、その耳元に顔を寄せた。

何かシャルちゃんに言葉をかけたようで、シャルちゃんは一瞬目を見開く。

私には、彼がシャルちゃんに何を言ったのか聞こえない。

聞こえないけど、ゲスリーの言葉を聞かせたくなくて、シャルちゃんを無理やりこちらに引き込もうとした。

でも……。

パシンと軽い音を鳴らして、シャルちゃんの腕を掴《つか》もうとした私の手はシャルちゃんによってまた弾《はじ》かれた。

「ごめんなさい、リョウ様。でも、やっぱり私、こんな穢《けが》らわしい魔法を使う私に触れてほしくないんです。リョウ様にはいつでも綺麗《きれい》でいて欲しいから。リョウ様だけは……」

「シャ、シャルちゃん……」

シャルちゃんは、ゲスリーの手をとった。いつの間にか起き上がったアンソニー先生が、私とシャルちゃんの間に割り込んできた。

シャルちゃん、それほど私を遠ざけたいの……？

「私の世界は、いつも白黒の世界」

呆然《ぼうぜん》とする私の耳にヘンリーの声が聞こえてきて、彼を見る。

彼は、反乱軍の人たちが、魔物と対峙《たいじ》しているところを指差していた。

「あそこにいるのは、黒」

今度は反乱軍から少し離れた高台にいる派手な恰好《かっこう》をした集団を指差す。

おそらく、彼らは王国側の魔法使い部隊。

「向こうにいるのは、白」

なんの話をしているのだと私が戸惑っている間に、彼は話し続ける。

「カインは黒で、アランは白。シャルロット嬢も白で、アンソニーは黒。だが、リョウは、私に黒いものを指して、黒じゃないと言う。白いものを指して白じゃないと言う。でも、私の目には、そうにしか見えない。黒か白か、どちらかにしか見えない」

「殿下、一体、何を……？」

私がそう尋ねると、ゲスリーはやっと私に視線を戻した。

「君は本当にひどい人だ」

そう言って、ゲスリーはいつもの胡散《うさん》臭い笑顔を見せる。

「君は残酷だから、隷属魔法なんて知らないと言うけれど、君は確かに私に魔法を使ったんだ。そうじゃないと説明がつかない。君もそう思わないかい？」

彼はそう言って、呪文を唱え始めた。

一番に反応したのは、アランだった。

彼が何かを唱えようとするのを阻止するかのように、腰に差していた剣をゲスリーに向ける。

だけど、その剣は、カイン様によって阻まれた。

カイン様がゲスリーをかばうようにして振るった剣によって、アランの剣戟《けんげき》は弾《はじ》かれる。

バランスを崩して距離が開く。

「……っ!?　何故ですか!?　カイン兄様！」

「私は、王家に忠誠を誓った騎士だ」

そう言ったカイン様の顔は覚悟を決めたという顔をしていた。

「だけど……！」

悲しそうに言い募るアランに、カイン様が微《かす》かに苦笑を浮かべる。

「きっとアランにはわからないのだろうな。私が騎士であることは、何も持たずに生まれた私が、自分の力だけで手に入れた唯一の『誇り』なんだ」

カイン様がそう話している間にゲスリーの呪文が唱え終わってしまった。

カイン様は、王国側につくことに決めたんだ。

私がこんな時にそんなことを思っていると、地震が起こった。

地震というのも生ぬるいかもしれない。地面がものすごい勢いで動いている。

ゲスリーとカイン様、そしてシャルちゃんとアンソニー先生がいる地面がせり上がった。

いや、違う。おそらく私とアランがいる方の地面が沈んでいる。

あまりにも大きな地殻変動に立っていることもままならず、地面にしがみつくようにして膝を折った。

その間にも、地面の落差は広がり、大きな溝を作る。その溝は、ゲスリーのいる場所と私とアランのいる場所に境界線を引くかのように大きくなる。

地面の揺れが落ち着き体勢を整えなおした時には、ゲスリーと私たちの間には大きな亀裂ができていて、亀裂の向こう側は五メートルほどせり上がるように地面が突き出した。

「シャルちゃん！　ヘンリー殿下！　カイン様！　アンソニー先生！」

崖のようになった大地の上に立っているであろう人たちの名を呼んだ。

でも返事はない。

「リョウ！　どうする？　気づかれる！」

アランの焦ったような声を聞いて横を向けば、反乱軍の人たちがこちらを見て騒然としてる姿が見えた。まだ距離があるから、私がいることに気づいてないとは思うけど……。

彼らと睨《にら》み合いをしていた王国軍は、ゲスリーが作った亀裂の向こう側にいて姿が見えない。

魔物たちもいない。魔物は、ゲスリーが作った溝に落ちたのだろう。

だけど、ゲスリーとともに魔物を倒し、王国軍の心証をよくするという作戦は、失敗した。

今、反乱軍に私の姿を見られたら、どうなる？　私が無事だと知って、戦をやめてくれるだろうか？

いや、反乱軍は今更引けない。そもそもこの戦を引き起こした親分に、引くという考えがない。

私を見つけたら、私を旗印にしてさらに勢いを増した行動をとる可能性がある。

だけど、王国側にはおそらくゲスリーが戻った。

ゲスリーが戻ったら、反乱軍と王国軍の戦力差が……。

私は、大人しく反乱軍側に力を貸すべき、なの……？

わからない……。

「……ひとまずここを離れます」

どうにかしてそれだけ言うと、反乱軍の人たちから逃げるように踵《きびす》を返す。

ここに来るまでに使っていた馬が近くにある。それに乗って、まずはここから離れて……。

でも、その後は？

色々なことが起こりすぎて、うまく頭が回らない。

これからどうすればいい……。

重い体に鞭《むち》を打つようにして進みながら、これからのことを必死に考えていた。

◇

先日もカイン様やゲスリーと四人で泊まった隠れ家にアランと私は身を隠した。

先日とは言ったけれど、実際は半年以上の月日が経っているらしく、洞窟の中の様子は随分と変わり果てていて、色々と物が散乱して荒らされているような状態だった。

おそらく私たちを探すために誰かがここに来たのだろう。

壁に見慣れた筆致のメッセージが書かれた紙が貼ってあった。

『リョウちゃん
これを見たら、ルビーフォルンへ
アタシはそこにいる』

この字は、コウお母さんだ……。

コウお母さん、こんなところまで私を探しにきてくれたんだ……。

「コウキさんは、ルビーフォルンにいるのか」

「そうみたい」

アランもコウお母さんからのメッセージだと気づいたらしい。

私はアランの言葉に力なく呟《つぶや》いた。

コウお母さんは、王国側ではなくて反乱軍側にいるということだろうか。

となると、親分たちと一緒にいるのかもしれない。

コウお母さんの立場だと、避けられない戦争なら反乱軍側につくのが自然な流れだ。お世話になってるルビーフォルン領がそち側なのだから。

そして、私も……。

私は国のために、できる限りのことはした。それこそゲスリーの婚約者にもなった。でもそれは、戦争がしたくなかっただけで、特別、この王国のあり方や考え方を支持していたわけじゃない。

だから、もう起きてしまう戦争なら、私は……。

そこまで考えて、でも、結局答えを出し切れないでいた。

多分、未だに現実感がないのだ。

だって、あまりにも信じられないことばかりで……。

それに、シャルちゃんのことも気がかりだ。

あのまま、腐死精霊魔法を使い続けさせちゃいけない。でも……私の手を拒絶したシャルちゃんの顔が浮かぶ。

悔しさで唇を噛んだ。

私は大事なことを伝えきれてない。

あのままにしちゃダメだ。

それにシャルちゃんの側《そば》に、ゲスリーがいるのが、心配すぎる。

だめだ……。考えれば考えるほど、嫌なことしか頭に浮かばない。

疲れ果てて、呆然《ぼうぜん》とする私を、アランが促すようにしてたき火の前に置いた腰掛けに座らせてくれた。

いつのまにかたき火で湯を沸かしていたらしく、お湯の入ったカップを手渡してくれる。

「ただのお湯だけど、温まるから。それと、リョウはもう休んだ方がいい」

「でも……」

「疲れてる時に考えることなんて、ろくなものじゃない。今日は色々あったけど、俺たちには少し整理する時間が必要だと思う。もう日も暮れた。今は一度体を休めて、これからのことは明日考えよう」

アランの言うことはもっとものように思えた。

確かに休息は必要だ。

疲れからか、さっきからひどい頭痛がする。

一日馬を駆り、歩き通しだった足は鉛のように重い。

アランからもらった白湯《さゆ》を飲むと、冷え切った体が温かくなってきた。

そして同時に睡魔も。

私はもう一口白湯を飲んで、カップを床に置くと、アランに声をかける気力もなく、そのまま毛布にくるまって座ったまま目を閉じた。

次、目を開けたらいままでのことが夢だったらいいのにと、そう願いながら。

次の日、隠れ家の入り口を覆うツタの隙間から入った朝日に起こされて、目が覚めた。
軽く首を動かしてみると、荒れた部屋にコウお母さんからのメッセージが目に入る。
やっぱり今までのことは夢じゃないらしい。
けれど、一晩寝て、少しだけ心の整理がついた。
私は……まだ諦めたくない。
戦争をどうにか止めたい。
そうするための手段は、まだ残ってる。
可能性は低くとも、まだ手段があるのなら最後まで抗《あらが》いたい。
……気持ちは固まった。
あれ、そういえばアランは……。
そう思ってあたりを見渡すと端の方で、丸くなって寝ていた。
わざわざあんなに離れなくても……。
火元に近いこちらにいた方が暖かかっただろうに。
アランは、これからどうするつもりだろう。
アランの立場なら、間違いなく王国側だ。

でも私は……もしこの戦争を止められなかったとしたら、おそらくルビーフォルン側に、親分側につくと思う。

その時、アランとは敵同士になるということだろうか……。

そんなことを考えながらこちらに背を向けて寝ているアランを見ていると、彼が身じろぎした。

そしてこちら側に寝返りを打ってから、ゆっくりと目を開ける。

こんなタイミングよく起きると思ってなくて、目が合った時にドキッとした。

アランは私と目が合うと、ハッとしたような顔をしてから、飛び跳ねるように上体を起こした。

「リョウ、起きてたのか！　体調は大丈夫か？」

「う、うん、もう大丈夫。アラン、その、ありがとう。この前から色々と……」

昨日もそうだけど、最近は情けないところばかり見せてしまった気がする。

アランはその度に側《そば》にいてくれて……。

「いや、別に大したことはしてない。何か飲むか？」

そう言ってアランがいそいそと立ち上がって、私の方に、というか火の消えた炉の方に来た。

「水を温め直して飲むか？」

そう言って、鍋に溜まった水を見て、炉に新しい木をくべ始める。

「ううん、温めなくていい。このままで」

私はそう言って、冷めきった白湯《さゆ》を、カップに入れる。

アランもそのままでいいと言うのでアランの分もカップに注いだ。

冷たい水で一息つくと、私は口を開いた。

「アラン、これからのことなんだけど……私、まだ諦めきれない。今からでも戦を止めようと思う」

私がそう言うのが意外だったのか、アランは目を見開いて驚きを表した。

そしてすぐに苦い顔をする。

「止められるのか……？」

「わからない。でも、手がないわけじゃない」

魔物を倒して英雄になって立場を手に入れてから王国軍と交渉、という作戦は失敗した。なら、王国軍じゃなくてまずは反乱軍にアプローチをかける。反乱軍の代表者として交渉に臨む。

「正直、殿下が王国側に戻ったことは、反乱軍にとっては痛手のはず。あの大地の亀裂……殿下が本気を出せば、ひとたまりもない」

「そうだな……」

「その弱みをついて、まずは反乱軍を抑える。そして反乱軍の代表として、堂々と王国軍に和平交渉をする」

反乱軍を抑えることは、恐らく、可能。親分たちの動き方次第ではあるけれど、反乱軍の多くは私のために戦っているはずだから。

「王国軍が和平交渉を飲むと思うか？」

訝《いぶか》しげな顔でアランが言う。

ゲスリーが戻ったのだから、戦争が始まれば間違いなく王国軍が勝利するとアランは思ってる。

でも、ゲスリーが王国軍に戻ったからこそ、対等に交渉できる。

「飲みます。殿下は私が生物魔法を使うことを知ってる。生物魔法を交渉材料として持ち出せば、和平を結べる」

私は確信が持ちたくて、力強くそう言った。

でも、不安はある。

ゲスリーはあの時、あれほどの魔法を使ってまで私たちと距離を取り、王国側に戻った。

そして、何故かゲスリーは私を殺さなかった。理由がわからない。生物魔法を恐れているのに、その使い手を野放しにするのは何故なのか。

けれど、このまま争い合うぐらいなら、自分ができることはし尽くしたい。

だって、この戦争を主導したのは親分だ。

そして、私を慕ってくれたウ・ヨーリ教徒たちが巻き込まれた。

親分を止めきれず、ウ・ヨーリ教徒のことを抑えられなかった私のせいで起こったといってもいい。

だから、その責任を自分でとるだけ。

私の言葉にアランはさらに渋面を作って、そしてしばらくして諦めたようなため息を吐いた。

「リョウは、一度決めたら譲らないからな……。けど、もし、リョウが危ない時は、俺は俺で好きなようにするから」

強い意志が宿った双眸《そうぼう》をこちらに向けてアランがそう言った。

一旦は私と一緒に行動してくれるらしい。

「ありがとう、アラン。一緒に頑張ろう。争わなくていい人たちが争うなんて、こんなの、おかしいから」

私がそう言うと、アランも頷《うなず》いた。

とりあえずは、目指すべきものが見えてきた。

まずは、ルビーフォルン、グエンナーシス領の反乱軍陣営に行く。

そこで、親分と話し合いだ。

転章II　コウキと半年の月日

アタシは肩に乗せたシロカちゃんにご褒美の餌をあげながら、周りを見渡す。

簡易的な布の天幕の中で、アレクにルーディルにセキ、そしてバッシュがそれぞれ辛気臭そうに顔を合わせてる。

今でもたまに信じられなくなるけれど、アタシはまたアレクたちとともにいる。

「コウキ、その白いカラスにちゃんとあれの様子を見にいかせたか？」

ルーディルが神経質そうな細い眉を寄せてそう言った。

顎をしゃくるようにしてシロカちゃんの足元を示す。

「行ってきたわよぉ。魔石持たせたから、あの地響きで何が起こったのか、セキの魔法でバッチリ見れるはずよ」

「そうか、なら早くその石をセキに渡せ」

「なーにぃ？　アンタ、近くにいるんだから、自分でシロカちゃんから石を取ればいいでしょ？　今アタシ、シロカちゃんの餌やりで忙しいの」

アタシがそう言うと、イラついたように片眉を上げたルーディルが睨《にら》んできた。

アタシとルーディルの仲は、今はバチバチに悪い。しかもお互い、仲良くしようなんて思ってないからなおさら。

「やだ、熱視線送られても、アタシにはアレクっていう心に決めた人がいるし、正直ルーディルは好みじゃないのよ。御免なさいね」

「いいから渡せ。……その鳥は、手を噛むから嫌だ」

仏頂面でそう言うので仕方なくシロカちゃんの足についている仕掛けから光の魔石を取り外してルーディルに渡した。

真っ黒な光の魔石には、周りの景色を記録する力があるとか。でも近くのものしか鮮明に記録しない。

それをリョウちゃんは石の近くに鏡を置くことで遠くのことも容易《たやす》く記録できるようにした。

シロカちゃんに持たせたら空から多くの情報が拾える。

「シロカちゃんは誰彼構わず噛んだりしないわよ？　嫌われるようなことしてるからじゃない？　なにせ、シロカちゃんのご主人はリョウちゃんなんだから」

アタシが冷たくそう言うと、ルーディルは一瞬眉間に皺《しわ》を寄せたが反論することなく、光の魔石をセキに渡した。

あらやだ、ルーディルったら無視しなくてもいいじゃない。ま、アタシの態度が悪いのは認めるけど。

アタシがシロカちゃんの嘴《くちばし》を撫でていると、セキが魔法を唱えた。

魔石が記録した景色が映し出される。

まずは、アタシたちの顔。そして空。まだ目的の場所は先。

それらを見ながら、アタシは半年ほど前の、リョウちゃんが殿下とともに行方不明になったと聞いた時のことを思い出した。

アタシとユーヤ君は、リョウちゃんたちより早くグエンナーシス領に入り、剣聖の騎士団の情報を集めていた。

剣聖の騎士団がリョウちゃんを狙っていると思い、調べにきていて……。

リョウちゃんの行方不明の報を聞いたとき、はじめにアレクたちを疑った。

いえ、アレク……というよりも、ルーディルといった方が正しいかもね。

でも、ルーディルを犯人とするには、アタシとユーヤ君とで彼のことを調べすぎていた。

常に見張りをつけて、怪しい動きをしていないか監視していた。リョウちゃんの行方不明の報せを受けた時、ルーディルには怪しい動きはなかった。

だから、リョウちゃんの行方不明に彼は関係ない。

でも、油断はできない。

だって、ルーディルが、ルーディルこそが、リョウちゃんを消そうとしていたのだから。

グエンナーシス領へ向かうリョウちゃんに矢を放つよう指示したのも、婚約者として後宮に住むことになったリョウちゃんに刺客を放ったのも、彼だった。

彼はアレクに黙って独自に動いている。

とはいえ、アレクは察しの悪い方じゃないから、ある程度はわかってて、知らぬふりをしてるのかもしれないけど。

アレクは、ルーディルに負い目のようなものがある。アレクの妹を……ルーディルにとっての恋人を守れなかった負い目が。

だから強くルーディルに言えないのかもしれない。

かもしれないけど……でも、このままルーディルを大人しく泳がせたままにするようなら、アタシもアレクに対する覚悟を決めなきゃいけない……。

「こ、これは……！　地割れ!?　本当に、これほどのものが……」

バッシュの驚愕の声が聞こえて、セキが映し出した映像に目を向ける。

シロカちゃんが拾ってきてくれた映像には、大きく割れた大地が映し出されていた。

割れた大地は、底が見えないほど深い。

思わず唾を飲み込んだ。

こんなことができる魔法使いは……。
「ちっ、面倒な奴が戻ってきちまったみてえだな……」
アレクが不機嫌そうにそう吐き捨てた。
光の精霊魔法によって映し出された景色に、色素の薄い金の髪が靡《なび》くのが見えた。
リョウちゃんとともに行方不明となっていた王の弟が立っている。
一緒にいるのは、シャルロットちゃんに、アンソニー君に、カイン君⁉
何故、彼らが一緒に……。
特にヘンリー殿下とカイン君は、リョウちゃんと共にいなくなったうちの二人。
もしかして、リョウちゃんも……⁉
前のめりになって食い入るように見たけれど、リョウちゃんの姿は見当たらなかった。
そしてシロカちゃんの映像が終わる。
アレクたちが、この件で何事か話し始めた。しかし私の頭にはまるで入ってこない。
リョウちゃんはどこ？
どこにいるの？
彼らが戻ってきたということは、リョウちゃんも？
リョウちゃんが姿を消し、世情は大きく変わった。
アレクたち剣聖の騎士団は決起し、王国中を巻き込む反乱戦争にまで至ろうとしてる。

しばらく行動をともにしてたユーヤ君は、王国軍側の動きを抑えるために王国側に所属し、アタシは反乱軍側に。

戦争を起こさせない。リョウちゃんを知る者たちの多くが、リョウちゃんの想いを汲《く》んでくれてる。

それなのに、リョウちゃんはまだ戻らない。

リョウちゃん、あなた、本当に今どこにいるの？

リョウちゃんなら、生きている、とは思う。いいえ、絶対に生きてる。確信はある。

だって、リョウちゃんには、生物魔法がある。

……アタシも以前使った。

敵に追い詰められて、崖から落ちて川の中。

普通の人なら助からない高さ。

だけど、アタシは助かった。

間違いなく、リョウちゃんが教えてくれた魔法があったから。

初めは、無事だったことの喜びよりも、その力の恐ろしさの方が勝《まさ》った。

この国を混乱に陥れるには十分すぎる力。それをリョウちゃんが一人で抱えているのだと思うだけで、胸が痛んだ。

でも、今は、その力をリョウちゃんが持っていることに安堵してる。

確かに、生物魔法はこの国だと禁忌かもしれない。

けれど、それがもっと身近なものになりさえすれば、より多くの人を助ける力になる。

視線を上げると、まだアレクたちは何か今後の対応策について言い合っていた。

アタシはそれを遠くに感じながら、再び視線を下げる。彼らとアタシはやっぱりもう前のような関係ではなくなった。

アレクたちがいても、どこか一人でいるような気持ちがする。

こんな時は、いつも以上にリョウちゃんに会いたくなる。無事を、確かめたくなる。

まったく、アタシをこんなに心配させるなんて……。

戻ってきたら、骨が軋《きし》むほどの抱擁の刑だからね……。

アタシはいつか必ず訪れると信じているリョウちゃんとの再会を想って、拳を握った。

第五十六章　反乱軍編　親分たちの覚悟と、過去

反乱軍陣営の拠点が視認できる場所まで来た。辺りは森のように木々が茂っているので、身を隠す場所には事欠かない。

低木の陰に隠れて様子を窺《うかが》う。

反乱軍陣営には、ピリピリとしたような、独特の空気が漂っている。

葬式のように暗い雰囲気のようにも感じるけれど、闘志は萎えていないという感じで、ここにいる人たちの顔つきはしっかりしている。

どうにかしてまずはバッシュさんと会って、現状を再確認したいけれど……バッシュさんがいるであろう場所まで隠れて行くのは難しそう。

この陣営にいる人たちは、概ねウ・ヨーリ教徒だ。

万が一、私の姿を見られたら、大騒ぎどころじゃ済まない。

今はまだ私が戻ってきてることを明らかにはしたくないので、ひっそりと会いたい。誰か、私の姿を見ても、ウ・ヨーリ様！　とか言って騒がない感じの知り合いが近くに来てくれたら……と思って様子を見ていると、めちゃくちゃ見たことがある銀髪の縦ロールが

見えた。

「おい、あの二人って……」

アランが隣で小さくそう言ったので、私も驚きつつも頷《うなず》いた。

あの縦ロールの輝きは、カテリーナ嬢！

よく見れば、サロメ嬢らしき人影も側《そば》にいる。

そういえば、カテリーナ嬢やサロメ嬢は反乱軍側にいるってシャルちゃんが言ってた

……!!

二人は警戒するように周りを見渡しながら、反乱軍陣営の野営地からどんどん離れて森の方に向かっていった。ここなら人気《ひとけ》もないし、身を隠す茂みもたくさんあるので接近しやすい。

けど、反乱軍の陣営から離れて、周りを警戒しながら進むカテリーナ嬢たちは、なんとも怪しい。

「あいつら、なんかこそこそして怪しくないか？」

アランも同じ感想を持ったようだ。

明らかに二人は、何か目的があって野営地から離れてるように見えるし。

「ですね。少し様子を見ましょうか」

私とアランは引き続き、茂みに隠れつつカテリーナ嬢たちの後を追う。

すると二人は、あたりを警戒しつつも立ち止まった。

「リッツさんにクリスさん、いる？」

カテリーナ嬢が小声でそう言った。

え、リッツさんにクリスさん？

カテリーナ嬢の口から漏れた言葉に驚いていると、彼女たちの目の前の茂みが揺れて、人が出てきた。人影は二人。

あ、あの人影は……間違いない、リッツ君とクリス君！

「いますよ！」

と相も変わらず可愛らしい笑顔を浮かべるクリス君が出てきた。そして険しい顔をしたリッツ君も。

「それより二人とも、聞いてくれ。大変なことになった」

あまり顔色がよろしいとはいえないリッツ君から焦ったような声が漏れる。

「わかってるわ。殿下が戻ったんでしょう？　反乱軍はその話で持ちきりよ」

カテリーナ嬢がそう言って、リッツ君の方に近寄る。

どうやらカテリーナ嬢たちがこそこそ怪しい動きをしていたのは、リッツ君たちと密会をするためらしい。

そういえば、リッツ君たちは、王国軍側の陣営にいると聞いてた。

「殿下が戻っただけじゃない！　何故か、シャルが……シャルが殿下と一緒にいるんだ！」

リッツ君の慌てっぷりは、どうやらシャルちゃんが原因らしい。

シャルちゃん、やっぱりあのままゲスリーと一緒に……。

「シャルロットさんが？　確かに、最近ずっとリョウさんを探しにいくと言って、こちら側にはいなかったけど、なんで殿下と……」

戸惑うようなサロメ嬢の声。

「リョウさんは？　リョウさんは殿下と一緒じゃないの？」

カテリーナ嬢の追及にクリス君が、渋い顔をする。

「それがね、師匠は、いないんだって。……逆に、そっち側に来てない？　カイン様は殿下と一緒に戻ってきたけど、アラン様もいなくて……」

「残念だけど、こちらにも戻ってきてない。殿下は何か言ってないの？　シャルロットさんとは話せたの？」

サロメ嬢の言葉にリッツ君が首を横に振った。

「殿下にもシャルにも、直接会えてない。帰還した姿を遠目で見ただけなんだ……」

「シャルロットさんがリョウさんのことを放って、殿下と一緒にいるとは考えにくい。何か知ってるかも……」

「そう思うけど、シャルは殿下が建てた砦《とりで》の中から出てこなくて、接触できそうにないんだ」

「……なんとなくだけど、シャルロット様、僕たちに会いたくないんじゃないかなっていう気がする」

クリス君が落ち込んだようにそう言うのを見て、私は少し唇を噛んだ。

シャルちゃんは、私だけじゃなくて、みんなとも距離を置こうとしてる……？

「リョウさんがいなくなってからのシャルロットさんは、少しおかしかったから……何かあったのかもね。とりあえず、報告ありがとう。いつも助かってるわ」

カテリーナ嬢がそう言ってリッツ君たちを労うと、サロメ嬢が疲れたようなため息を落とした。

「……反乱軍も大変よ。殿下が戻ってきて、アレクサンダーの奴が焦ってる。……もう戦を止めるのは難しいかもしれない」

サロメ嬢……。

ありがとうみんな。みんなで戦が起こらないように動いてくれてたんだよね。

じんわりと胸の奥が熱くなった。

私の味方はここにもいる。そうだよ、争いたい人だけじゃない。

みんながいる。学園で出会った友人たちがいる。

本当に本当に、みんな……ありがとう。

なんだか、泣きそう。

いや、だって、もう本当に最近、驚くことばかりで……みんなの変わらない優しさが身体中に染み渡る……。

「それに、殿下が戻ってきて、リョウさんが戻ってこないって……やっぱり、リョウさんとアラン様は……」

顔を青白くさせてサロメ嬢が呟《つぶや》くと、カテリーナ嬢が顔を険しくさせた。

「そんなことないわ！　リョウさんはそう簡単に死ぬような、可愛い性格してないもの！　それにアランさんだってついてるのだし……そうでしょう!?」

「そうね……。ごめん、つまらないことを言ったわ」

そう言って悲しげに微笑《ほほえ》むサロメ嬢。

思わず私もしんみりしそうになったけど、これ私の話だ。どうしよう、なんか出にくくなった気がする。

いや、でも、出ないと。悲しませたままというのもアレだし……。

「リョウさんは絶対に死んだりなんかしないわ。だって、あの、リョウさんよ!?　お腹すいたとか言って、蛙とか蛇とか平気な顔して捌《さば》いて食べたりするリョウさんよ!?」

カテリーナ嬢がそう力強く言ってくれたんだけど、そこ力説するとこだったろうか。

もうちょっといいエピソードあるんじゃない？

「そうね、その通りよ。毒のある芋をどうにかして食べるために変な薬を混ぜてすごい手間をかけて、味のしないコンニャクとかいう食べ物を作って喜んでいたリョウさんだものね」

いや、うん、まあ、確かに前世の記憶に残るこんにゃくが恋しくなって、作って食べたこともあるけども。私とこんにゃくのエピソードを今話す必要あったかな？

「あのコンニャクって本当に謎だったよね。特別美味しいとは思わなかったけど、リョウ嬢はすごい嬉《うれ》しそうだったたし。食べ物の話で言えば、腐った豆を食べようとしてた時は、僕、リョウ嬢は忙しすぎておかしくなったのかなって思ったよ」

サロメ嬢が繰り出したコンニャクの話題に、リッツ君が青い顔で同意してそんなことを言う。

「え？　それは今更じゃないですか？　師匠は、大体ちょっとおかしいですし」

クリス君、いや、君何言ってんの？　可愛い顔すれば許されると思ってる節あるけど、限度ってもんがあるよ？

「あんなに食べることに貪欲なリョウさんが死んだりなんて絶対にしない！　泥水啜《すす》ってでも生きてるわ！　実際、泥っぽい色したコンニャクを喜んで食べてたもの！」

カテリーナ嬢が拳を握りしめて熱く語るとリッツ君も頷《うなず》く。

「そうだね。僕もそう思う。実際、腐った食べ物だって口にするし」

「リョウさんて、お金持ってるはずなのに、なんでゲテモノばかり食べるのかしら……」

とうとうサロメ嬢が私の身じゃなくて、私の食べ物の嗜好《しこう》について心配し始めたんだが。

というかいつの間にか、私の悪口みたいになってない⁉

私がコンニャク食べたり納豆食べたりしてた時、みんなそんなこと思ってたの⁉

特にリッツ君とクリス君！　君たちといったら！

「お、俺は、別に、リョウのその、どんな食べ物も粗末にしないみたいな考え方は、良いと思う」

横からアランの謎のフォローが小声で入った。

私はもう我慢できずに立ち上がる。

「コンニャクも納豆も美味《おい》しいですけど⁉」

思わず声に出したその言葉は、思いのほかに大きく響く。

咄嗟《とっさ》にこちらを向いたカテリーナ嬢たちの顔がどんどん驚きの色に染まった。

「リョ、リョ、リョ、リョウさん⁉」

カテリーナ嬢とサロメ嬢が声を揃えてそう言うと、同じく目を見開いたリッツ君が、私の後ろにいるアランを見て「アラン！」と名を呼んだ。

「というか、久々の再会の第一声が食べ物のことってどういうこと⁉」

とカテリーナ嬢が私のことをビシッと指さしながら、責めるように詰め寄った。

いや、最初に食べ物の話題で盛り上がってたのそちらだからね？

「もう！　どこに行ってたの！　散々心配したのよ⁉」

サロメ嬢がそう言って私を私の肩をポンと叩く。

「本当よ、このバカ！　無事なら無事ってことぐらい一言言いなさいよ！」

カテリーナ嬢がバシバシと私の背中を叩いた。痛い。

「だいたいアランさん、貴方がいて何をしてたというの⁉　というか、今まで二人でいたの⁉」

カテリーナ嬢がそう言って、リッツ君たちとの再会を喜び合ってるアランを見た。サロメ嬢も、じとっとアランを見る。

「二人とも、無事だったから良かったけど、無事だとわかったら怒りが湧いてきたわ。駆け落ちじゃないでしょうね⁉　そういうことするならちゃんとそういうそぶりを見せてからにしてくれる⁉」

サロメ嬢とカテリーナ嬢が涙に濡れたような声から、どんどん言葉尻が荒くなってきた。

「す、すみません。心配お掛けしてしまいました」

「本当よ！　あなたたち一体今まで何をしていたの!?」

恐ろしい顔で詰め寄るカテリーナ嬢の迫力に少々たじろいでいると、横からクリス君の呑気《のんき》な声が聞こえた。

「アラン様、駆け落ちだなんて、やりますね！　愛の逃避行中のあれやこれや、あとで詳しく教えてくださいね！」

「……クリスが考えてるようなことは、本当に、何もないからな」

「え？　何も？　何もないんですか？」

心底がっかりした顔のクリス君とアランが何やら言い合っていたが、私は気にせずカテリーナ嬢に顔を向けた。

「えっと、色々と事情がありまして……そのことについては、バッシュ様と一緒の時に説明できたらと思ってるんですけど。あ、それと、王都の白カラス商会はどうなってますか？」

「大丈夫よ、ジョシュアさんがちゃんとやってる。王族貴族は、アナタを魔女と定めて悪評《ふいちょう》を吹聴してるけど、王都の人たちは馬鹿じゃないわ。そんなのがでっち上げだって気づいてる。売り上げも、さほど下がってない」

サロメ嬢の言葉にほっと安堵の息を吐き出した。

よかった。私が魔女認定されたことで商会もなんらかの影響を受けると思っていたから。とりあえずは、無事なようなので安心した。

そして、今度はリッツ君を見た。

「あの、リッツ様たちは、王国軍側、ですよね？」

「ああ、まあ、一応ね。でも、気持ち的には、どちらにも所属してないっていう感じかな。元学園の生徒たちの多くは、戦争を回避するために動いてるから。今もこうやってカテリーナ嬢と情報交換してる」

とリッツ君が何でもないようにそう言うとアランが何故か自慢げに頷《うなず》いた。

「流石《さすが》、リッツだな」

本当に流石のリッツ閣下。

やっぱりリッツ君たちは、戦争を起こさないようにって、色々手を打ってくれていたんだ。

今もいわゆる密偵的なことまでしてくれて。

確かに空気が読めて、人の気持ちの察しもよくて、どこにでも溶け込めるリッツ君はスパイ向きかもしれない。クリス君もハニートラップ的なの得意そうだし。

とはいえ、バレたら大変だ。危険なことをしてるので、それはそれで心配だけど。

と、私がちょっと心配し始めたことに気づいたのか、サロメ嬢が口を開いた。

「大丈夫よ。心配いらないわ。王国軍側で学園の卒業生たちをまとめてるのは、ユーヤ様よ。あの人、結構有能だし、ヤマト領という後ろ盾もある。今のところうまいことやってるわ」

「ユーヤ先輩が、まとめ役なんですか⁉」

それは確かに、安心だ。学園が魔物に襲われた時だって、頼りにしてた。

「そうよ。ユーヤ様も、リッツさんたちも、学園の卒業生の子たちはずっと貴方の身を案じながら王国側にいる。戦が今のところ睨《にら》み合いで済んでるのも、彼らのおかげよ。つまり、王国側にいる人たちが、全部が全部王家のために戦おうっていう人たちじゃないってこと」

なんてことだ、学園勢が頼もしすぎる……！

みんな……！　本当にありがとう！

「ねえ、リョウ嬢、聞きたいことがあるんだけど、シャルのことで……なんで殿下と一緒にいるのか知ってる？」

リッツ閣下からシャルちゃんのことを聞かれて言葉に詰まった。

なんて答えればいいか……。

でも、シャルちゃんのあの力のことを私の口からみんなに伝えるのは違う気がする。

「すみません、シャルちゃんが殿下と一緒にいる理由については、私もよくわからなくて……」

私がそう答えるとリッツ君が、気落ちしたように下を向いた。

ごめん。心配だよね。私も心配だ……。

でも、心配だ、大変だと言って下を向いている時間は私にはない。

私はカテリーナ嬢と向き合う。

「あと、今までのこと、詳しいことは皆さんがいる場所でと思っていて、バッシュ様や、アレク……剣聖の騎士団の代表者とも話し合いたいのですが、案内をお願いできませんか？」

私の提案に、カテリーナ嬢は渋い顔をしてサロメ嬢と目配せをし合った。

そして、申し訳なさそうにサロメ嬢がこちらを見る。

「今、バッシュ様と剣聖の騎士団の幹部たちは、中心にある天幕で今後のことを話し合ってるところよ。その……殿下が戻ってきたから、その対応をどうするかという話をしているの」

「なら、ちょうど良いですね。私をそこに連れて行ってもらってもいいですか？」

「……バッシュ様に会うのは良いと思う。でも、剣聖の騎士団の代表者と会うのは、バッシュ様と相談してからの方がいいかもしれない。彼らは事を急ごうとしすぎてる。貴方が戻ってきたことを快く思わないかもしれない」

サロメ嬢にそう言われて、私は確かにと視線を下に向けた。

親分たちが私の帰還をよしと思わない可能性はある。

私が戻ってきたら、反乱軍の戦う意義がなくなる。親分たちはそう思って私の帰還を歓迎しないかもしれない。

だって反乱軍にいる多くは、私が死んだと思って、そのために戦おうとしているのだから……。

けど……。

脳裏に昨日のゲスリーが大地を割る姿が浮かぶ。

あの力を前にして、自分たちが万が一でも勝てると親分たちは思ってるのだろうか？

あんなの天災に挑むのも一緒。

親分たちが動いたのは、情勢が変わってルビーフォルン領民を巻き込んで国に戦争を仕掛ける絶好のチャンスが来たからというのもあるだろうけれど、ゲスリーの不在だって理由の一つのはず。

ゲスリーは、この国の魔法で作られたものを全て崩すことができる。

一つの文明をいとも簡単に滅ぼすことができるほどの力。

その絶対的な力が王国側に戻ってきた。

……その辺りのことを詰めていけば、親分だって私の話に耳を傾けてくれるはずだ。

「それでも、この問題は早めに対処したいんです。私を、剣聖の騎士団の……アレクサンダーがいるところまで、案内をお願いします」

私がそう言うと、サロメ譲とカテリーナ嬢は、心配そうな顔をしながらも頷《うなず》いてくれた。

リッツ君たちは王国軍の方に戻り、私とアランはカテリーナ嬢の案内のもと反乱軍陣営に向かう。

カテリーナ嬢たちは反乱軍内では顔パスな感じらしい。

二人の後ろに怪しいフードの人物（私とアラン）がいても、すんなりと中心地に入ることができた。

しばらくして一番大きな天幕の前にたどり着いた。

そこにバッシュさんや親分たちが集まっていて、作戦会議中らしい。

天幕の中に入ろうとしたら、見張りの人に呼び止められた。

「カテリーナ様、申し訳ないでありますが、今大事な会議中で、中にはお通しできないであります」

と、申し訳なさそうにそう言った兵士は……アズールさん⁉

青みがかった黒髪、きりりとした眼差し……幾分疲れが滲《にじ》みでてる感じがするけれど、間違いない、アズールさんだ！

「そんなこと言ってる場合じゃないのよ」

カテリーナ嬢はそう言うとクイッと顎を動かして私を示した。

フードを目深にかぶって髪とか顔を隠している私はどう見ても怪しくて、アズールさんも訝《いぶか》しげな顔をする。

私はそんなアズールさんにそっと近づいた。

「お久しぶりです。アズールさん」

私の感覚から言えば数日ぶりだけど、アズールさんからしたら半年ぶりだ。

囁《ささや》くようにそう言うと、アズールさんの目が見開いた。

そして信じられないような目でこちらを見る。

「ま、まさか、リ、リョ……んん！」

大声で私の名前をシャウトしそうだったので、私はとっさにアズールさんの口の辺りを手で押さえた。

「すみません、まだ私が戻ったことは内密に」

私がそう言うと、アズールさんが首をブンブンと縦に振った。

私は口元の手を離すと、少し冷静になったらしいアズールさんが、

「戻ってきたのですね……！」

と消え入りそうな、小さな声で言って、目に涙を溜めた。

その顔から今までたくさん心配させたことがわかって心が痛い。

「バッシュ様や剣聖の騎士団と話し合いたいんです。通してくれませんか？」

私がそう言うとアズールさんが、すぐさま頷《うなず》いて出入り口を開けてくれた。

「どうぞ、お入りください。今は、ヘンリー殿下の動向について話し合いが行われています。リョウ殿もご参加された方がいいでしょう」

アズールさんの言葉に私は頷くと、そのまま天幕の中に足を踏み入れた。

天幕に入ると、改めて仕切りのようなものがあり、それを避けて奥に進むと、大人たちが円を描くようにして床に座っているのが見えた。

薄暗くはあるけれど、それでもここに誰がいるのかがわかる。

みんな、私の知ってる人だった。

バッシュさん、コウお母さん、セキさん、ルーディルさんに、アレク親分。

あぐらをかいていたアレク親分が、唐突に入ってきた私たちを剣呑《けんのん》な雰囲気を漂わせながら睨《にら》みつけた。

「誰かと思えば、グエンナーシスのお姫様か。ここは子供が勝手に入って良い場所じゃねえぞ」

凄みをきかすようにそう言われたが、恐ろしいよりも懐かしいが勝《まさ》った。

親分、相変わらずだ。変わらない……。

「もう子供じゃないわ。十五よ。それに、ものすごい重要人物を連れてきてあげたのだから、感謝してほしいところね」

カテリーナ嬢が負けじとそう言うと、私のために道を空けた。

フードを深くかぶっているので私が誰かわからないらしく、だいたいが訝《いぶか》しげな顔をしている中、コウお母さんだけが、ハッとしたように目を見開いた。

どうやら、コウお母さんは気づいたらしい。

コウお母さんの肩に止まっていた白いカラスが、まっすぐこちらに飛んできた。

私はその鳥が着地しやすいように腕を上げる。

「カー、カア」

甘えるような鳴き声を出して、私の頬に嘴《くちばし》を擦り付ける、シロカ。

シロカも、心配かけたね。

シロカの羽ばたきで、私の頭のフードがパサリと取れた。

まっすぐ顔を上げて、口を開く。

「お久しぶりです。ただ今戻りました」

私はそう言うと、その場の皆が驚きの表情を浮かべる。

そして、コウお母さんが立ち上がった。

「やっぱり、リョウちゃんじゃない！」

そう言って、私の方に駆け込んでくると、ガバリと力強く抱きしめてくれた。

久しぶりの再会で、久しぶりのコウお母さんで、私もギュって抱きしめ返す。こんなに心配をかけて……ごめんなさい。

抱きしめてくるコウお母さんの温もりが心地よい。

それに、この背中が軋《きし》むほどの抱きしめの強さが、どれほど私のことを心配したのかが伝わってきて……あ、ちょ、思ったより強い、というか、コウお母さん、痛い……背中が割れる！

「……ゲ、ゲホッ！」

思わずむせた。

そこでようやくコウお母さんの抱きしめが緩まった。

助かった……。

コウお母さんは、気づかわしげに覗《のぞ》き込むように私を見つめた。

「今までどこで何をしてたの？　怪我《けが》はない？　痛いところとかない？」

「だ、大丈夫です」

強いて言うなら、先ほど抱きしめられたことで背中が痛いけれども。

しかしそれを口にするほど野暮ではない。

「心配をかけて、ごめんなさい」

「ごめんで、すまないわよお……！　もう！」

わんわんとコウお母さんが泣き始めて、私もつられて泣きたくなって……。

「おい、コウキ。いつまでそうしてるつもりだ。テメェの感傷に付き合ってる暇はねぇんだ、さっさとどけ。そいつには聞きたいことが山ほどある」

私とコウお母さんの感動の再会に、親分が声を荒らげた。

するとコウお母さんが勢い良く親分の方に顔を向けた。

「ちょっと、アレク⁉　ひどいんじゃない⁉　リョウちゃんが心配じゃなかったの⁉　アタシと貴方の子よ⁉」

「だーから、俺とお前の子供じゃねぇっつってんだろ！」

「子供の前でなんて酷いことを言うのかしら！」

「事実を言っただけだろうがよ！」

目の前で繰り広げられたどこか懐かしいやりとり。

私がいなくなった後、コウお母さんとアレク親分はなんだかんだとうまくいっていたみたい。

一時は、私のこともあって少し親分と距離をとっていたコウお母さんだったけど、やりとりを見る限り、もとさやに戻った感じだ。

それもそうか。二人は、ずっと長い間一緒にいた。再び出会えば、距離を置いていた期間を埋める絆があるのだ。

なんだか無性に、あの山暮らしの日々に戻りたくなった。

雑用に追われながらも、親分たちと一緒に楽しく過ごしたあの頃の記憶が蘇る。

まるで、あの頃に戻ったみたい。

あの頃の私は外のことなんか何も知らなくて、親分がやりたいなら、私もそれを手伝いたいと思っていた。

親分が、反乱を起こしたいのなら、私も一緒にそれを手伝う。

そうするのが当たり前だと、思ってた。

思っていたのだ……。

「親分、久しぶりです。こうやってゆっくり話すのは、本当に何年ぶりなんでしょうか。

……私は、親分を、親分たちをとめるために戻ってきました」

私がそう言うと親分は警戒するように目を細めた。

確かに、以前の私は、親分の手伝いをするのだろうと漠然と思ってた。

でも、今の私はそうじゃない。

でもそれは親分を嫌ったからじゃない。

親分のことだって好きだから、親分のことも大事だからだ。

だからこそ、この無謀な戦いを止めたい。

しばらくして親分は険しい顔のまま、「話を聞こう。座れ」と言った。

これから、頑固な親分相手に、戦を止めるための説得だ。

幹部たちがいる天幕の中。私は親分とコウお母さんの間に座った。

そして、『友人としてここにいる権利はある！』と言ってカテリーナ嬢とサロメ嬢にアランも話し合いに加わることになり、この天幕には現在私、コウお母さん、バッシュさん、セキさん、カテリーナ嬢、サロメ嬢、アラン、ルーディルさん、アレク親分の計九名がいる。

タゴサク大先生も、こちらの陣営にいて幹部的な立ち位置らしいのだけど、基本的には外で信者たちにウ・ヨーリについてのありがたいお話をするのに忙しいらしく、あまりこういった会議には来ないらしい。

というか、親分が避けてるんだと思う。扱いづらいし。

私としても正直いなくて助かった。タゴサクさんに見つかったら、こんなに落ち着いて話し合いなんてできまい……。

「まず、ご心配をおかけしたこと本当にすみません」

「謝罪は、無事ならそれでいいんだ。だが、今までリョウ君はどこで、どうしていたんだ？」

私が頭を下げるとバッシュさんが心配そうにそう問いかけてくれた。

バッシュさん、少しやつれたように思う。

心配をかけさせてしまったのもそうだし気苦労も多かっただろうと思うと、ものすごく申し訳ない気持ちになった。

それでもこうやって、謝罪は不要だと言ってくれたバッシュさんの気遣いに甘えて、私は口を開いた。

「今までの経緯についてお話しします。まず、すべては殿下がご自身の近衛騎士を刺し殺そうとしたことに始まります。私とその騎士は旧知の仲で、彼を助けるべく私は、王家の秘密に触れる行為を行いました。そして、それを見た殿下に殺されかけたのですが、そこにいるアランに助けられました」

私はそう言って、アランを手で示してから続けて口を開く。

「ただその時の衝撃なのか、殿下がまるで記憶を失ったかのような振る舞いをし始めたんです。そして私たちは、彼の記憶の問題と私が王家の秘密を知ってるという問題をどうにかするために、山に入りました。その山の……神縄《かみなわ》の向こう側に」

そこまで言うと周りがざわついた。

「リョウ君たちだけで行ったのか？」

驚いたように言うセキさんには、責めるようなニュアンスがあった。

結界の向こう側は未知の世界で、魔物がいる危険な場所であるだけでなく、禁忌の場所でもある。

セキさんの糾弾から私を庇《かば》うように、アランが口を開いた。

「こちらには、殿下とその近衛騎士、それに、魔法使いである俺がいました。……危険はわかってましたが、ほんの少しだけと決めて、中に入ったんです」

アランは、あの時唯一結界の中に入ることを止めようとしてくれていた。

あの時気軽に中に入ろうとした私を、責めてもおかしくないのに……ありがとう。

「それよりも、まず、王家の秘密とはなんだ。なぜそれを知るために、山に入った？」

ルーディルさんが神経質そうな細い眉を歪《ゆが》めてそう言った。

「山に入った理由としては、私が王家の秘密を知るきっかけになった人物と、以前その山で会ったことがあるからです。だからその人を探しにいきました。そして王家の秘密について は、今はまだ話せません」

「話せない……？」

ルーディルさんが、目を細めて私を見る。

この期に及んで言えないとはどういうことやねん！　という厳しい視線を感じる。

本当に久しぶりの再会だというのに、容赦がない。

「今はまだ、です。状況によっては話します。それはルーディルさんたち次第です」

しばらくルーディルさんとの睨《にら》み合いだったが、それを意外にも親分が制した。

「そのことはまあ、後でいい。話を続けろ」

親分に促されて私は改めて口を開いた。

「私は殿下の置かれた状況をどうにかするために、王家の秘密について詳しく知る必要があると思って山に入り、結界の向こう側に行きました。しかし、結局、自分たちが抱える問題をどうにかできるような答えは得られなくて、そのまま戻ってきたんです」

そこまで言って、一拍おいてから口を開いた。

これから先の話は、未だに私も信じられないことで、なんだか緊張する。

「私たちの感覚から言えば、それは一日にも満たない時間でした。しかし、結界から出たら、半年が過ぎていました。そして現状を聞いて、ここに戻ってきたんです」

「半年⁉　そんなことって……あり得るの⁉」

瞠目《どうもく》するカテリーナ嬢たち。そしてコウお母さんも難しい顔で口を開いた。

「確かにリョウちゃんは、半年間身を隠していたとは思えないほど、いなくなる前の姿そのまま。おかしいとは思ってはいたけれど……でも、そんなこと……」

あり得るのかしらと、コウお母さんは訝《いぶか》しげな顔をする。

私だって信じられない気持ちなのだから、周りからしたらもっと信じられない事態に違いない。

ずっと静かに話を聞いていたバッシュさんが口を開いた。

「戻った時に、殿下も一緒だったということかな？」

「はい。魔物を倒すために、魔物が集まるこの場所まで一緒に来ました。しかし、その時には、殿下は記憶を取り戻していたようでした。殿下は魔法を使って私たちを分断させると、そのまま王国軍の方向へと向かっていきました」

「じゃあやっぱり、あの大地の亀裂は……殿下の魔法なのね」

コウお母さんの言葉に私は頷《うなず》く。

「そうです。間違いなく殿下の魔法によるものです」

そう私が断言すると息を飲む音がした。

ここにいる全員、あの亀裂を目にしたのかもしれない。

あのゲスリーが作った大地の亀裂はかなり巨大なものだった。

「あんなことが、一人の魔法使いの力で？　しかも殿下は細やかな魔法を得意とする魔術師だぞ。それなのにあんな大規模なことを行うことが可能なのか……？」

同じ魔法使いとして、非魔法使いである私たちより衝撃が強いらしく、セキさんが震えたような声でそう呟《つぶや》いた。

「信じられない気持ちもわかりますが、事実です。俺は、殿下が魔法を使う瞬間を目の前で見ました。簡単に地形を変えた」

アランが静かに、殿下が途方もない魔法使いであるということを補足した。

この場の空気が一気に重くなったような気がする。

だって、つまり、それほどの力を持つ殿下が、敵側に戻ったということだ。

これからそんな相手に、戦争をしかけようという反乱軍側にとって絶望しかない。

だから私は挑むように親分をまっすぐ見た。

「親分、一旦、引いてもらえませんか？　できれば、このまま延々と大人しくしてくれたら一番ですが……そこまでは言いません。でも今は、とりあえず引いてください。親分たちの戦に、勝ち目はありません」

私がそう断言すると、親分の目にさらに力が入る。

怖い。だって、親分は相変わらず顔が怖い。スキンヘッドだし、筋肉も半端ないし、目力すごいし……。

でも負けない。私だって守りたいものがある。

「……全く勝ち目がない訳じゃねぇ。対抗するための手段は用意してる」

「それは、マッチの粉から作ったもののことですか？」

私がそう言うと、親分が目を細めた。

ここの天幕に来るまでに、火薬の臭いのようなものがした。それに、黒く焦げたような場所も。

おそらく親分たちは、マッチの火薬から爆弾のようなものを作ることに成功している。

「ご名察。流石《さすが》は魔法のように爆発する粉を発明しただけはある」

親分の横で静かにしていたルーディルさんが、嫌みったらしくそう言った。

マッチを作る時に、爆弾のような使われ方をするかもしれないとは思っていた。

ただ、こんなに早く、私の知らぬところで作られるとは思わなかったけれど……。

「しかし、それがあるからといってなんだというのですか？　そんなもので、あんな亀裂をいともたやすく作れる人たちに敵うと、本気で思っているのですか？」

正直爆弾があるからといって、魔法使いという万能の力を持つ人たちに敵うかといえばそうじゃない。最初は、未知の道具に驚いて隙をつけると思うけれど、最初だけ。

慣れてくれば、魔法使いの方が断然優勢だ。だって、爆弾自体は、魔法使いでも使えるのだから。

「俺たちの持っている札はそれだけじゃねぇさ。俺たちの最大の有利は、数だ」

「数？　まだこちらには、ルビーフォルン領とグエンナーシス領しか味方にいないのでは？」

「俺が言ってるのは領地の区分じゃねぇ。魔法使いか、そうじゃない奴かの、数の差だ。誰かが立ち上がれば必ず後に続く者がいる。大勢の非魔法使いがな」

親分にそう言われてうっと、口を閉ざした。

確かに、潜在的に味方になり得る数の差では、親分側が圧倒的な有利で、そして数の差というのは馬鹿にならない。

個としてどんなに魔法使いが優秀だとしても。

本当に親分は、国を倒すつもりだ。今の制度を壊すつもりだ。

でも、そのためにどれほどの犠牲が出るか……。

「……後に続く者？　そうやってたくさんの人を巻き込んで、どれほどの犠牲が出たら親分たちの望みが叶うんですか？　場合によっては、親分たちと同じような意思を持つ者全てがこの戦で失われるかもしれないんですよ⁉」

「犠牲は覚悟してる。それでも勝つためには誰かが立ち上がらなくちゃいけねぇ。誰も立ち上がらずにいたら、俺たちはずっと魔法使いの奴隷だ」

奴隷と言った親分の言葉に、何故かジロウ兄ちゃんの話が蘇《よみがえ》る。

生物魔法を使える人、今でいえば、非魔法使いたちは、奴隷として使うための人間を作った。しかし生物魔法使いはその力を失った。そして奴隷として作られた者たち、今でいう魔法使いたちが、特権階級へと取って変わったのだ。

歴史は繰り返される、とはよくいったもので、本当にその通りなのかもしれない。

親分たちの過去に何があったのかはわからない。もしかしたら、ひどい目に遭ったことがあるのかもしれない。でも……。

言い淀む私の横から、アランが口を開いた。

「あなたの意見はよくわからない。俺は、魔法使いだ。だが、別に魔法の使えない者を奴隷だと思ったことはない」

沈黙するその場でアランがはっきりとそう言った。

まっすぐと親分の方を見るアラン。

親分も不機嫌そうにアランを見返したが、アランは怯《ひる》まなかった。

「そうね。私は、非魔法使いだけど……今は別に自分が魔法使いの奴隷だなんて思ってない」

そう肩を竦《すく》めながら答えたのはサロメ嬢だ。

「私《わたくし》もアランさんと同じ考えよ。非魔法使いを奴隷だなんて思ったことないわ。むしろ私の方がサロメに逆らえないっていうか……」

カテリーナ嬢が真面目な顔してそう言うと、サロメがニヤッと笑った。

「やあね、カテリーナったら。そんなことないわよ」

「でも、サロメ、この前も私のこと丸め込もうとしたっていうか……！」

「バカね。私が可愛いカテリーナを丸め込むなんてこと、するわけないでしょう？」

「え!?　かわ……!?　そ、そ、そんなこと言ってまたからかうつもりね!?」

とか言って、カテリーナ嬢が顔を赤くさせてまんまと目の前でサロメ嬢に丸め込まれていた。

深刻な会議の場でいちゃつき始めた二人を親分が白けたような目で見ているが、でもその瞳に戸惑いのようなものが浮かぶのが見て取れた。

親分はまだわかってない。いや、わかろうとしてないのかもしれない。少しずつ時代が、魔法使いと非魔法使いの関係が、変わり始めていることに。

私が親分の動向を見守っているとアランが再び口を開いた。

「少なくとも……学園にいた生徒たちは、俺たちと近しい価値観を持っていると思う。彼らとは、一緒に食事をし、ともに学んで遊び、魔物が襲ってきた時には協力し合った。魔法使い、非魔法使い関係なくみんながみんな学園を守るために戦った仲間だった」

「そうよ。仲間だわ。そこに非魔法使いも魔法使いも関係ないわ」

アランに続いて、カテリーナ嬢も物申す。

学園勢の話に耳を傾けていた親分たちは押し黙った。

あと、もうひと押し……！

「親分、もう少し、もう少しだけ待ってほしいんです。時代は変わろうとしてます。学園にいた生徒たちは、これから国を背負う人たちばかり。時が経てば今のその世代が国を作る時代になる。そうしたら、もう誰にも、自分が誰かの奴隷だなんて思わせない」

そう言うとしばらく親分と見つめ合った。

めっちゃこわい。顔が怖い。

ビビりながらの長い沈黙。

なんでもハキハキとすぐに決める親分にしては珍しいと思えた。

やっぱり親分の中でも迷う気持ちがあるのだ。

「アレク迷うな。フィーナが……いや、私たちが受けた屈辱を忘れたか？　一つの世代が変わったからといって、そう簡単に国は変えられない。ましてや頂点があの王家のままならなおさらだ」

そう答えたのは、ルーディルさんだった。

いつも冷静な彼が、少しだけ声を荒らげて、吐き捨てるようにそう言った。

山暮らしの頃から物静かなイメージの彼だったから、こんなふうに声を荒らげているのを見るのは初めてだ。

「しかし、だからって、このまま戦を仕掛けたって、勝てません」

私はそう言い切ってみたが、ルーディルさんは怯《ひる》まず首を横に振る。

「勝算はある。王家を転覆させる算段はもうできてるんだ。あの臆病で無能な王が、戦の場にやってきた。……たとえどれほど犠牲が出ようとも、私はやり遂げる」

王家を転覆させる算段……？　それに、あのテンション王が、こっちに来てる？

「王が来てるって……王様が？　どうして……」

別に詳しく知ってるわけでもないけど、あのテンション王が、わざわざこんな危ないところに来るようには思えない。

何を吹き込んだらここまで来る気になるのだろうか？

絶対勝てる戦だからとでも言ったりしたのか……。

それに一番気がかりなのは、王が自らここまで来たタイミングで、王国側からの攻撃が始まる可能性が出てくる。

だってわざわざやってきた王様の前で引き続き睨《にら》み合いだけなんて真似、できないだろうし。

「ルーディル、余計なことを話すんじゃねぇ。冷静になれ」

親分はルーディルさんにそう言うと、また私の方に顔を向けた。

「……リョウ、お前は一旦引けと言ったがこのまま俺たちが引いて国が大人しく見逃してくれると思うか？　悪いがもう遅い。お前がいなくなった半年の月日はもう戻りようがないところまで来てる」

親分にそう言われてどきりとした。

確かに私の不在は長い。でも……まだ戦は始まってない。

学園の卒業生、学園のみんなが私の意を汲《く》んでくれた。

戦が始まらないように、ここまでこうして食い止めてくれた。

魔物のことだって……シャルちゃんがそうまでして、止めてくれてたんだ。

「いいえ、まだ間に合う。間に合います。私が直接国と交渉します。そしてこちらに不利のない平等な和平を結んでみせます」

「交渉？　そんなもの今更、応じるわけがないだろ」

「いいえ、応じさせてみせます。私は王家の秘密を握ってる……そして少なくともヘンリー殿下はそれを知ってます。必ず殿下は交渉の場に来る」

「王家の秘密ねぇ。それがどれほどのものなのか、わからねぇのにどうやって信じられる？　その秘密とやらを俺たちに話す気はないんだろう？」

「……今はまだ。人に広めないでいることが、国にとって脅しになる」

「つまり、その王家の秘密の秘匿《ひとく》と引き換えに和平交渉をするってことか？　だが、それには大きな問題があるんじゃねぇか。その交渉の場でお前が殺されたらどうなる？　秘密は永久に秘密のままになる」

「王家の秘密については、すでに形に残しているものがあります。今はそれを隠してますが、私が死ねば、それが明るみに出るようにします」

親分は眉根を寄せて難しい顔をした。

そしてしばらくの睨《にら》み合い。

めちゃくちゃ心臓がドキドキいってる。

親分は果たして飲んでくれるだろうか……。

「アレク、迷うことなんかない。積年の恨みを晴らすのは今しかないんだ」

ルーディルさんが非難するように親分に言い募る。

「……私は領民がより多く救われ、平穏に暮らせる方にかけたい」

バッシュさんが静かに親分に伝える。

二人の言葉を聞いて親分は下を向いたまま腕を組んでいたけれど、しばらくして顔を上げた。

「……少し、考えさせてくれ」

親分はそう言った。

「少しなら、待ちます。でも、長くは待てません」

「わかってる。そう時間はかからない」

そうして、一旦その場は解散になったのだった。

◇

親分たちとの話し合いが終わって解散した。親分一味は自分たちの天幕に戻っていく。

久しぶりの親分との再会。もうちょっと色々話したかったけれど、難しいみたい。

ということで親分はすぐに去っていってしまったけれど、残った他の人たちとは久しぶりの再会に喜び合った。

さっきは『もう謝らなくてもいい。無事ならそれでよかったんだ』的な感じで爽やかに応じてくれたバッシュさんだったけれど、改めてめちゃくちゃ怒られた。

心配をかけさせたこと、結界の向こう側に入るとかいう無茶をしたこと、あとなんかもろもろ含めてそれはもうコテンパンに怒られた。

反してコウお母さんは、意外にもお叱りの言葉はなかった。

ただ、心配したのよぉと言って再びミシミシと骨が軋《きし》みそうなぐらい強く抱きしめられた。

言葉にはしてないけど、めちゃくちゃ怒ってるんじゃないだろうか。

そしてアランにも「リョウちゃんを守ってくれてありがとー」と言いながら同じようにミシミシ抱きしめていて、アランの顔色が今まで見たことないような土気色だった。

本当にごめんね、アラン、いろいろ、こう、なんか、損な役回りさせて……！

「そういえば、あの山地にある隠れ家をリョウちゃんたち使った？」

再会の強めの抱擁が終わったタイミングでコウお母さんがそう尋ねてきた。

「はい、使いました。昨日もアランとそこに泊まってたんです。コウお母さんのメッセージも見ましたよ」

「あら、昨日も泊まってたの？」

コウお母さんは少しびっくりしたようで目を見開いた。

「はい、恥ずかしながら、私、ちょっと気が動転してしまって、何をすればいいのか良くわからなくなって、それにすごく疲れてたのもあって……アランが連れていってくれたんです。休んだ方がいいって」

「あらぁ……。じゃあ、アランちゃんに連れ込まれて二人だけでそこに泊まったのね？」

「はい。昨日は、二人だけでした。殿下にカイン様、それにシャルちゃんとアンソニー先生もいなかったので……」

と答えながら、ゲスリーとカイン様のことを思い出した。

記憶を取り戻したらしいゲスリー。

もしかしたら、もともと記憶喪失自体もなかったのかもしれない。

というか、あの時、どうして私のことを見逃したのだろう。

地割れを起こしてまで距離をとったのは、どういう意味なのか……未だに良くわからない。

そして、カイン様も。

カイン様は、ゲスリーが記憶を取り戻したことに気づいてたのだろうか。

結局私は、カイン様がどんな気持ちでいたのかを理解することができなかった。

でも多分、カイン様も、自分の気持ちを私に理解してもらおうとは思っていなかったのかもしれない。

アランや私に剣を向けたカイン様には、もう迷いはないように思えた。

私が少々物思いにふけっていると、カテリーナ嬢が首を傾《かし》げて私を見た。

「え？　何それ、ふ、二人って、二人きりで、夜を明かしたってこと？」

怪訝《けげん》そうにカテリーナ嬢が尋ねるので、私は頷《うなず》く。

「あらあら。無人の暗がりに連れ込むなんて、やるじゃないアラン様」

そうサロメ嬢がニヤニヤ笑うと、コウお母さんの過激な再会の抱擁でゲホゲホ咳《せき》をしていたアランが、驚いた顔でこちらを向いた。

「は!?　べ、べ、べ、別に、ただ、休んでただけだが!?　や、やま、やまやまやましいことはしてないからな！」

アランが慌《あわ》てたようにそう言った。

「ムキになってるところが怪しいわ」

「でも、なにもしないのも、男としてどうなのかしら」

とカテリーナ嬢やサロメ嬢が言うので　私はアランを庇《かば》う気持ちで口を出した。

「ああ、いえいえ、アランは何もしないわけじゃなかったですよ。水を沸かしてくれて、白湯《さゆ》を飲ませてくれました」

本当に、アランにはお世話になりました。

正直、あの時は、色々といっぱいいっぱいだった。

アランがいてくれたから、今こうしてここに立って居られてるまである気がしてる。

私がしみじみとアランに感謝を捧げていると、何故かカテリーナ嬢は残念なものを見るような目でアランを見た。

「まあ、そうなの、白湯《さゆ》を提供したの。それだけなの……。アランさんって本当に意気地がないのね」

「なんだよそれ！　どうせ手を出したら出したで何か言ってくるつもりだろ⁉」

「まあ、それもそうだけど。それにしたってねえ」

とサロメ嬢もカテリーナ嬢と同じように呆《あき》れた視線を向ける。

なんか良くわからないが、アランが責められているように見えるこの状況は忍びない。

私は改めて口をはさんだ。

「まあまあ、皆さん、良く事情はわかりませんが、あんまりアランを責めないでください。アランには本当にお世話になったんですよ」

「別に責めてるわけじゃないわよ。いつも通りからかってるだけ。だって好きな子を前にして何もできないなんて、アラン様らしいじゃない？」

サロメ嬢がそう言って、いつもの色っぽい笑みを浮かべる。

「え？　好きな子？」

そう聞き返しながら、今まで大変なことの連続で、ポン！　と忘れていたちょっと前のことが思い出された。

そうだった。

アランは、もしかしたら、私のことが……。

一気に顔が熱くなった。

「す、好きな子を前にっていうと……」

蚊の鳴くような声でどうにかそれだけ絞り出して、でも先が続けられなかった。

いやだって、つまり好きな子って私ってこと、でしょ？

やっぱり、アランは私のことを、特別に思ってくれていて……？

いやいやいや確かに前そんなこと言われたような気がするけども……！

でもでもそんなの信じられないっていうか……。

「リョウ？　どうしたんだ？　顔が赤い。風邪か？」

アランがすこぶる心配そうな顔でそう言うと、覗《のぞ》き込むように私の顔を見てくるので慌ててバックステップで距離を取った。

アラン、顔、近い！

「だ、大丈夫ですけど!?　なんでもないですけど!?」

「そ、そうか？」

と言って訝《いぶか》しげな表情を見せるアラン。

何⁉ なんでアランは平然としてるの？

意識してるの私だけ！？　はっ！ やっぱり私が好きとかそういうのは、もしかして私の勘違い⁉ だって、アラン平然としすぎじゃない？

どういうことなの？

あ、でも最近情けない姿ばかり見せてるし……それで気が変わったりなんだりで？

「あら？ リョウさん、どうしたの？ いつもと反応が違う」

目を見開いて驚いたような顔をするサロメ嬢が私を見る。

「えっ⁉ べ、べつにいつも通りですけど⁉」

戸惑う私の頭上で、「あら……アタシもそろそろ子離れの準備しなきゃ」というコウお母さんの呑気《のんき》な声が聞こえてきた気がした。

私が、思わせぶりなアランにちょっとばかしどぎまぎしてる間に、コウお母さんは治療師として呼ばれて離れていき、カテリーナ嬢たちは二人でこれからまたリッツ君と密会しにいくと言った。

「リッツさんにも重々言って、王国軍側が早まらないようにしとかないとね。それにシャルロットさんのことも気になるし……」

とカテリーナ嬢が心配そうに言う。

私もシャルちゃんのことは、気になる。

でも、多分、ゲスリーはシャルちゃんをどうにかするつもりはない。

「シャルちゃんの身の安全は保証できます。殿下はシャルちゃんを傷つけるつもりはないようでしたから」

ただ、シャルちゃんの心が、それだけが心配だ。最後に見たシャルちゃんの顔は、とても辛そうだったから。

あの時、もっと、自分の気持ちを伝えるべきだった。私の手を振り払うシャルちゃんにびっくりして、何も言えなくて……。でも、力づくでも、なんでも、その手を掴《つか》まなくちゃいけなかった。

私が、シャルちゃんを嫌うことなんてないんだって、伝えなくちゃいけなかった。

「そうかもしれないけど、どっちかというと、逆にシャルロットさんが、殿下に何かしそうで……。リョウさんがいなくなってからのシャルロットさんといったら、もうほんと、すごかったのよ……」

「え、すごい……？」

カテリーナ嬢の言ってることがうまく呑み込めず、首をひねるとサロメ嬢のため息が続いた。

「荒れに荒れて、触れる物すべて切り刻む勢いの鋭さだった……」

とサロメ嬢がその時のシャルちゃんを思い出してるのか、青い顔でそうぼやく。

「シャ、シャルちゃんが……？」

鋭いナイフのようにとがってるシャルちゃんをうまく想像できないのだけど……？

でもカテリーナ嬢たちが嘘をついているようには見えないので、二人が言ってることは事実なのだろう。

「まあ、シャルロットならあり得るな」

とアランは私よりも妙に納得してる。

でも、確かに、私も、もしシャルちゃんが行方不明になったら……周りが見えなくなっていたかも。

正直、私の中では別れたのが数日という感覚なので、あまり実感が湧かないのだけど、そうだ。

私は、半年以上も、皆の元から離れていたのだ。

「とりあえず、今からサロメと二人で、リッツさんたちと会うわ。リョウさんは、しばらくここにいるのでしょう？　ゆっくりしていってね。あ、あと、また勝手にどっか行ったりしないでよね!?　本当にリョウさんがいなくなってから大変なことの連続だったんだから……」

とカテリーナ嬢がため息混じりに言う。

うん、そうだよね。だって王都の商会で働いているはずのカテリーナ嬢たちもここまで来て内戦に巻き込まれようとしてるんだもん。

色々あったに決まってる。

「すみません。それと……本当にありがとうございます」

ここまで、戦争にならずに持ちこたえることができたのは、皆の力があってこそなのだから。

◇

カテリーナ嬢たちと別れて、私はアランと一緒にこそこそと天幕を出て反乱軍の様子を観察した。

予想はついていたけれど、見事なまでにウ・ヨーリ教徒だった。

ここにいるウ・ヨーリ教徒たちは、ウ・ヨーリ様の正体が私だと知っている。

私が以前、ウ・ヨーリの正体が私だと広めてほしいとタゴサクさんにお願いしていて、それがほぼ浸透してる形だ。

その時は、私がグエンナーシス領をまとめるのに有利に使えると思ったからそうしたのだけど、今となっては早まったような気がしなくもない。

まあ、グエンナーシス領のウ・ヨーリ教徒とルビーフォルン領のウ・ヨーリ教徒は宗派がちょっと違うみたいだけどね。

ルビーフォルンのウ・ヨーリ教徒はタゴサクさんの影響力が強くて、グエンナーシス領は、剣聖の騎士団を神聖視している向きがある。

二つの宗派は、別に対立するようなレベルではなく仲良くやっているみたいで、反乱軍の士気は高い。

ただ、ちょっと気になるのは、グエンナーシス領のウ・ヨーリ教徒が、ルビーフォルンのウ・ヨーリ教徒に吸収されつつあるような気がするところだろうか。

反乱軍陣営内を見回った時に、タゴサクさんが開催するウ・ヨーリ様を讃える会合を見つけてこっそり覗《のぞ》いてたんだけど、ルビーフォルン領民だけじゃなくてグエンナーシス領民も混ざっていて、参加してない人もチラチラ集会を気にしていて本当は参加して一緒にウ・ヨーリ様を讃えたいオーラ出してるし……。

つまり、剣聖の騎士団を神聖視するグエンナーシス領のウ・ヨーリ教徒が、タゴサクさんを気にしはじめてるのだ。

タゴサクさんすごすぎない？　もうこのままウ・ヨーリすら追い抜かしてタゴサクさんを頂点にすればいいのでは？

ちなみに、本日のタゴサク尊師のお話によると、愚かなる王族の蛮行によってウ・ヨーリ様は悲しみにくれて、聖なる岩戸と呼ばれる洞窟にお隠れになっているのだとか。ウ・ヨーリ様がお隠れになると、太陽も元気を失くして作物もうまく育たないし大変らしい。

でもさ、見て！　太陽普通に輝いてるよ!?

思わず集会の中心で太陽の輝きについて叫びそうになったよね。

あと、恐ろしいことに、ウ・ヨーリ様を岩戸から引っ張り出すためには、王国軍を血祭りにあげないといけないんだって。

やめて、そんなことしてもウ・ヨーリ様は出てこない。

血祭りって……怖すぎるから。そんな恐ろしいのじゃなくて、せめて踊りとかにして。踊りにつられてひょっこり岩戸から顔を出すような愛嬌があるキャラ設定にして。

ちなみに、そんなタゴサク尊師の話に聞き入っているウ・ヨーリ教徒の皆さんは、もうね、やる気がすごいの。団結力というか、とりあえずすごい一体感がある。

許すまじ王国軍！　讃えよウ・ヨーリ！　ウ・ヨーリ様を返せ！　っていう感じのオーラをバンバン放ってる。

これは、本当に手ごわいと思う。

敬虔《けいけん》なウ・ヨーリ教徒が、ウ・ヨーリを讃えながら、ウ・ヨーリを貶《おとし》めた王族を目の敵にしていて恐い。

王国軍は、確かに魔法使いの数も多いし有利のはずなんだけど、多分一人一人の士気は低い。

こちらの陣営の士気の高さや意志の強さを見ると、ゲスリーという天災を前にしても王国軍に勝てるかもしれないと思う親分たちの気持ちが少しわかる。

タゴサクさんに、私が戻ってきたことを伝えるべきかと少し迷ったけれど、とりあえずは保留することにした。

タゴサクさんに伝えた後のことが想像できないし、親分の反応次第で今後の動き方を変えるので、今タゴサクさんに私の戻りを伝えるのは賢明ではないように思う。わからないけど。

本当に、タゴサクさんについては何年付き合っても何考えてるかわからないし、予想つかない。

ほぼ一日、ウ・ヨーリ教徒の動きや、爆弾を使った演習を見ていたら、日が暮れた。

まだ、親分からの返答はないけれど、明日ぐらいには答えをくれるといいな。

私は、これからのことを思いつつコウお母さんが用意してくれた天幕に戻ることにした。

一日があまりにも密で体が完全に疲れてる。

けれど、突拍子もないことの連続で、精神的にはアドレナリンあたりがガンガン分泌されてる感じで、眠りにつけない。

でも、ちょっとでも体を休めとかないと、と思って瞼《まぶた》を閉じていたんだけど、眠れない私に気づいたコウお母さんが、ホットミルクを持ってきてくれた。

コウお母さんのホットミルク！　どうしていつもここぞというタイミングで、私が欲しいものをくれるのだろうか!!

私は礼を述べて、ありがたくホットミルクを頂戴した。

甘いホットミルクを味わいながら、今日あった出来事を少し落ち着いた気持ちで思い返す。

「アレク親分は……私の提案を飲んでくれると思いますか？」

私がカップで手を温めながらそう言うと、隣で私と一緒にミルクを飲んでるコウお母さんがこちらを見る気配がした。

「かなりいい線いってたと思うわ。いつものアレクなら、ちょっとでも嫌ならすぐに突っぱねるもの」

「そうですよね!?　あの親分が、決断を保留にしたのって、かなりいい線いってますよね!?」

私が、ちょっとはしゃぐように言うとコウお母さんは、少し悲しい笑顔を見せた。

「……でも、ルーディルの方は難しそうね」

「ルーディルさんは……そうですね」

話し合いの中、ルーディルさんは最後まで強硬な姿勢を崩さなかった。

少し意外だった。どちらかといえば冷静で、荒事は避けるタイプの人だと思っていたから。

「あの、コウお母さん、親分たちと王家の間に、何かあったんでしょうか？　もちろん、話すのが嫌なら無理にとは言わないですけど……」

恐る恐るそう聞くと、コウお母さんは「そうね。リョウちゃんは知っていた方がいいかもしれない……」と口にしてから、寂しそうに微笑《ほほえ》んだ。

「アレクにはね、フィーナっていう妹がいたのよ。優しくて、とても可愛らしい子だった」

懐かしむようにそう言うと、すぐに顔が陰った。

「けど、フィーナは、当時王子の一人だったハインリヒに殺された。無実の罪をきせられ、アレクたちの目の前で、火に炙《あぶ》られて……」

火炙り……。

火刑はこの国でも、特に重い罪を犯したものが処せられる刑だ。

それを無実の罪でだなんて……。

「王子でハインリヒとなると……現国王、ハインリヒ王のことですか？」

確かテンション王の正式な名前は、ハインリヒ＝ゲイス＝フォムタールだ。

私の問いに、コウお母さんは頷《うなず》いた。

「そうよ。当時はまだ王ではなく、王太子の身分だったけれど、次期国王の地位を約束されていたあいつには権力があった」

「その権力で、フィーナさんに無実の罪を着せたんですか？」

「そう。あの子になんの落ち度もなかった。ハインリヒが可愛がっていた小姓の男が、フィーナを気に入りつきまとい始めたの。けれど、フィーナにはすでに恋人がいた。だからフィーナはその男の求愛を拒み続けて、そして逆恨みされた。逆上した小姓の男は、ハインリヒにあることないこと吹き込んで……」

そう言ってコウお母さんは息をつめた。

かすかに眉根を寄せて悲しげに瞳を伏せる。

思い出してるのかもしれない。当時の辛い記憶を。

しばらく無言だったが、コウお母さんは改めて口を開いた。

「ちゃんと調べさえすれば、小姓の男の言うことが嘘だとすぐにわかるようなものなのに、ハインリヒはそうはしなかった。小姓の言を鵜呑みにし、フィーナに罪をきせ、殺した。……あの時のことは今でも夢に見る。ボロ雑巾のようになったあの子が柱に縛りつけられ、火に……炙《あぶ》られていく姿を……」

コウお母さんの唇が震えていた。

私も、言葉にならなかった。怒りが、嫌悪感が、こみあげてくる。

だって、ちゃんと調べもせずに、火刑!?

そんなのあり得ない。そう思う、思いたい。

でも、確かに、魔法使い至上主義で王政のこの国では、あり得ないと言い切れない
……。

この国は、そういう理不尽がまかり通る国だ。

そしてそれはきっと、私が知らないところで、今でも……。

「アタシたちは、あの時フィーナを助けられなかった。けどアレクはそれを嘆くだけの人じゃない。だからこの国を変えるために、何もかもを捨ててここまで来たのよ……」

そう言ったコウお母さんの瞳に、ランプの明かりが揺らめいた。

コウお母さんの中で燻《くす》ぶる、憎しみの炎のように見えた。

コウお母さんは、戦争を起こしたくない私の意見を尊重してくれてる。

国を変える方法は他にもあると言う私の味方でいてくれる。

でも、もしかしたら、本当は心の奥底では、アレク親分と同じ思いもあるのかも……。

だって、コウお母さんは、ここにいる。私が行方不明になった後、親分たちと行動を共

にすると決めてここにいるのだ。

「アレク親分が復讐のためだけに動いているのだとしたら……私の要求は飲んでくれないかもしれませんね」

だって、私のやり方だと、親分の復讐は果たされない。

あのテンション王は、あのままなんの反省もすることなく、呑気《のんき》に生き続けることになるだろう。

そう思って呟《つぶや》いた私の言葉にコウお母さんは首を振った。

「確かに、アレクの目的は復讐というのもある。けれど、アレクは復讐にだけに囚《とら》われる男じゃないわ。それに、小姓の男はきっちり八つ裂きにしたし、その時に彼の復讐は、終えているのよ。アレクは今、この国を変えるために動いてる。だからリョウちゃんの提案にも前向きに検討できるのよ。あんな悲劇が起きないような国になるというのなら、アレクはそれで構わないの。でも……ルーディルは違うかもしれない。彼は復讐に囚われている。この国と、そしてハインリヒへの復讐のために動いてる」

「ルーディルさんが？」

「フィーナとルーディルは恋人同士だったから」

コウお母さんの言葉に、ルーディルさんが、私の提案に対してあんなに声を荒らげて、受け入れない姿勢を示したことに納得がいった。

そして想像した。

もし、私も、大切な人が国に裏切られて殺されたら、どう思うだろう。

もし、コウお母さんが、アランが、シャルちゃんが……。

その時、私は、今のままの私でいられるのだろうか……。

「……リョウちゃんの命を狙っていたのはルーディルだった。許せとは言わない。アタシだって、許してない。でも、できればそれほど憎まないでいてほしい」

コウお母さんのその声に、私は頷《うなず》いた。

やっぱり、ルーディルさんの策だったのか。まあ、親分にしてはちょっと陰険だったもんね。

憎む気は、ない。でもそれは今だから言えるのかもしれない。

今、何事もないから憎まないと言えるけれど、もし私の大切な人たちが巻き込まれていたら、憎んでしまうかも……。

私が物思いにふけっていると、コウお母さんが警戒するようにしてあたりを見渡した。

どうかしたのだろうかと、私もあたりを見渡す。

ここは野営の天幕の中。

明かりはランプ一つなので薄暗く、周りに置いているものは寝るための毛布があるぐらい。

気になるものはないと一瞬思ったが、何か違和感があった。

天幕の外の雰囲気が、変……微かに人の息遣いが聞こえる。

……囲まれてる？

「コウお母さん……」

私は小声でそう名を呼ぶと、コウお母さんは警戒の視線を外に向けたまま頷《うなず》く。

私は、いつでも出れるように自分の荷物を引き寄せた。

その時、バリ、と何かを引き裂くような音が聞こえてきた。

天幕の布を破って何者かが入ってこようとしている。

あの鎧《よろい》は、王国騎士……？　私は、力を増やす呪文を唱える。

王国騎士は私の姿を認めるとこちらに向かってきて迷わず剣を振り下ろしてきた。

狙いは、私……！

その凶刃をコウお母さんが短剣で受け止める。

私も加勢しようと、男の懐にタックルをかますと、男はバランスを崩して背中から倒れた。

しかし、男が破った天幕から他にも人影が入ってきて……。

「リョウちゃんは、逃げて！」

「でも……！　この人数では、コウお母さんが……！」

天幕の外にはまだ何人かの気配がある。流石《さすが》のコウお母さんでもそれらを全員相手にできるわけがない。

「リョウちゃんに何かがあったら、この戦争は止められない」

コウお母さんの言葉に、私は唇を噛んだ。

確かに、そうだ。ここで私が殺されるようなことになれば……。

迷う私の背中を押すように、コウお母さんが前に出て逃げ道を塞ぐ騎士に飛びかかる。

コウお母さんの長い足は、侵入者の急所にあたってそのまま地面に倒れ……逃げ道ができた。

呪文のかかった今の私なら、このまま逃げ切れる……でも……。

「早く！」

コウお母さんの大きな声に押されて、私は反射的に逃げ道に向かって走った。

伸びてくる侵入者の手を掻《か》い潜り、その先を目指して駆け抜ける。

あり得ないスピードで走る私に襲撃者たちは戸惑っていたようだけど、私を追いかけることにしたらしい。

足音が聞こえる。

でも、魔法がかりの私のスピードについてこれないのか、その音も遠ざかっている。

このままいけば逃げ切れる。

あとはどこに行けばいいのかだけど……。

バッシュさん？　それとも親分のところ？　それとももうこの近くにはいない方がいいのだろうか……。

いやでも、コウお母さんを助けに行かないと、そのためには誰かに助けを求めたい……。

そう迷う私の前方に、人影が見えた。

微《かす》かな月明りを頼りに目を凝らす。

体格からして騎士ではなさそうだと判断したところで、空にかかっていた雲が晴れて月明りが強くなる。そのほっそりとした体格の人が何者か、わかった。

「ルーディルさん……！」

ルーディルさんだ！

なんでこんな夜中に!?

いや、それよりもと思って私はまっすぐルーディルさんのところまで駆け出した。

「大変なんです！　天幕が襲われて！　コウお母さんがまだ、そこに……！」

私がルーディルさんにすがるようにしてそう言うとルーディルさんが驚きで目を見開いた。

「何だって……？　どんな奴らに襲われたんだ？」

ルーディルさんの問いに、私が王国騎士の恰好《かっこう》をした男たちだと答えようとしたところで、微かに金属が擦り合わさるような音がした。

この音は、鎧《よろい》を着た人が身動きした時に聞こえる音……。

近くに、鎧を着た誰かがいる。

嫌な予感がして、ルーディルさんから一歩距離を取る。

そもそもどうしてルーディルさんがこんな夜中に外に？

それに、確かに襲ってきた奴らは王国騎士の恰好をしていたけど、あれは本当に、王国騎士だったのだろうか……？

よく見れば、ルーディルさんの後ろにいくつかの人影がある。

その人影が、鎧の音を響かせながら前に出てきた。

王国騎士の鎧を着た人たちだ。

それに、もう一人、見知った顔がある。

「ラジャラス、さん？」

陛下のお気に入りの美貌の小姓ラジャラスさんが、なんで、こんなところに……？

そう思った時には、私は背後から羽交い締めにあい動きを封じられた。

顔だけ後ろを振り返れば、ここにも王国騎士の恰好をした男たちがいた。

ただ、どの人もなぜか目が虚《うつ》ろで、正気じゃないような顔をしてる……。

そしてちょうど、私にかけていた強化の魔法が切れた。

身体中に駆け巡る万能感が消えていく。

改めて呪文さえ唱えれば、また力を使えるけれど、この人たちの目の前で魔法を使うのはためらわれる……。

どうするべきかと顔を上げると、ラジャラスさんと目が合った。

「どうして、ラジャラスさんが……」

戸惑う私の目の前でラジャラスさんが興味なさそうに私を見て、ルーディルさんがニヤリと笑う。

「彼は我々の協力者だ」

ルーディルさんの言葉に私は眉をひそめた。

グエンナーシスへ向かう道中、私を襲った王国騎士の矢のことを思い出す。

それに、今私を捕らえている生気のない騎士も王国騎士の人たちだ。

おそらくラジャラスさんが引き連れてきた。

王国側に、裏切り者がいるかもしれないとは思っていたけれど、まさかそれがラジャラスさん……？　それっていつから……。

いやそれよりも、ルーディルさんだ！

「今回のこれはどういう意図ですか？」

ルーディルさんに向かって睨《にら》み付けるようにそう聞いたけど、ルーディルさんは動じない。平静な顔で口を開いた。

「わかるだろう？　君に生きて戻られては困る。それに、君がやろうとしてることはこの国のためにならない。戦争を止める？　馬鹿な。こんなチャンスもうない。この国は病んでる。一度膿《うみ》を全て出し切る必要があるんだ」

「ただ平穏に暮らしたいだけの国民たちが巻き込まれて犠牲になるとしても、ですか？」

「そうだ」

私の問いにルーディルさんは即答した。そこに迷いは一つもなかった。

ルーディルさんは復讐のために動いてるという、コウお母さんの言葉が改めて過《よ》ぎる。

「アレク親分は……ルーディルさんがしてることを、知ってるんですか？」

「……アレクはいずれ知る。そして最後には感謝することになる」

「感謝する？　本当にそうでしょうかね」

少なくとも私の知る親分は、誰かが親分のためだと言って勝手なことをするのを許すような人じゃない。

「ふ、全てうまくいけば、頑《かたく》ななアレクもわかる。それに……アレクはリョウに情を持ってる。あのままリョウの提案に乗っていたら、国のためにならない」

ルーディルさんの言葉にラジャラスさんは不機嫌そうな顔を私に向けた。

なぜか少しだけ嫉妬をにじませたような目だった。

「情？　こんな使えないガキにですか？　王弟と姿をくらましてくれた時は、少しは使えるやつだと思いましたが……馬鹿みたいに戻ってきた。しかも王弟を仕留めてもいないで。こんなやつに情をかけるアレクさんの気がしれない」

「そう言うな。それでも彼女のおかげでこちらの有利に動けたのは事実」

二人は私を置いてそう会話をした。やはりラジャラスさんは前々から通じていたらしい。

「……私をどうするつもりですか？　殺すつもりですか？」

私がルーディルさんにそう尋ねると、彼は首を横に振った。

「殺しはしないさ。君にはまだ利用価値がある。この戦争が終わったあとで」

「この戦争が終わったあとのことなんて、考えてどうするつもりですか？　ヘンリー殿下の力は見たでしょう？　あれに勝てるつもりでいるんですか？」

「もちろん。当然だ」

その自信のある口ぶりに、昼間に見せてもらった爆弾を思い出す。

「爆弾があるからですか？」

実際に爆弾を使った演習も見たが、確かにあれの威力は凄かった。でも、それでも確実に対抗できるものではない。相手は、天変地異を起こせるのだから。

「いいや、違う」

そう答えた時に、後ろからゴソゴソと音がした。

誰かが来る？　と思って身構えていると、虚《うつ》ろな目をしてよだれを垂らし、無駄に派手な服をきた男の人が拙《つたな》い足取りでこちらに向かってくるのが見えた。

あの人、どこかで見たことあるような……と思ったところで、その人が声を上げた。

「ラジャ、ラジャラシュ……！」

呂律《ろれつ》がうまく回らないようで、辿々《たどたど》しい口調でラジャラスさんを呼ぶその声を聞いて、やっと誰だったかを思い出した。

顔がやつれにやつれてるけど、間違いない。

あれは……テンション王。

この国の王だ。それが、なんでこんなところに……。

いや、確かに、王が王国軍側に来てるとかいう話は聞いていたけど、でも、ここは、反乱軍の陣営近くで、王国軍とは離れてる。

しかも、こんな夜中に、こんな恰好《かっこう》で？

改めてテンション王を見る。

豪華な裾の長い服を引きずるようにしてヨタヨタと歩く姿には威厳も何も感じられない。

頬は痩せこけて、目は虚《うつ》ろ……。

「ここに、ここにおったのか……ラジャラシュ、恐ろしい夢を見たのだ。怖い……怖い。あれをくれ、あれを……！」

地面に膝をついたテンション王がラジャラスさんにすがりつくようにしてそう懇願した。

「あ、ああ、あ、私にも、私にもください……！」

私を捕らえている騎士の一人もそう声を上げた。

私を押さえる手が震えている。テンション王と同じように目が虚ろで……。

「陛下、少々お待ちを。ああ、犬のようにだらしなくよだれを垂らすとは、はしたないですよ。慌てずに。すぐに天国にご案内しますから」

「おお、おおお、早く、早くくれ……」

そしてラジャラスさんは、小袋を取り出すとそこから白い粉を手に乗せ、それをテンションン王の鼻に近づけた。

私はこの光景を見て、何が起こっているのかを、やっと理解した。

「貴方は、なんてことを……!!」

私の怒りの声にラジャラスさんは全く反応せず、鼻から何かを吸い込み恍惚《こうこつ》の表情を浮かべるテンション王に手を添える。

青白く荒れた肌。落ち窪んだ瞳。威厳も何もなくすがりつくその姿。

テンション王は……薬に侵されている。

この残酷な光景を当然のように見つめるルーディルさんに私は視線を向けた。

「ルーディルさん、貴方たちはなんてことをしているのか、わかってるんですか⁉　あんなもので……薬物で人を陥れるなんて！」

私の怒りの声にルーディルさんは鼻で笑った。

「しかしあの薬を作ったのは君だろう？」

「あんな恐ろしい物、作ってなんか……」

と反論しようとしてハッとした。

私は一時期、商会長仲間のグレイさんと一緒に、蒸留器を使っていくつか新薬を作った。

ルーディルさんが言っているのはそのうちの一つ、睡眠薬のことかもしれない。

あの薬の中には、依存性の強い成分が含まれている。

前世の世界で言えば、麻薬のようなものだ。

その麻薬の麻酔的な成分を残し、依存性や副作用をほかの薬剤と混ぜ合わすことで中和して作ったのが、グレイさんと協力して開発した睡眠薬だ。

ごく少量で安全な睡眠薬になり、量によっては麻酔薬にも変わる。

……生物魔法は怪我《けが》を治す時ひどく痛い。

場合によってはショック死しそうなほどの痛みだ。

もし、生物魔法が普及した時に、魔法での治癒によるショック死のリスクを減らせるかもしれないと思って……麻酔薬を作ろうと思って、グレイさんに声をかけたのは、私だった。

「市販している睡眠薬の中に含まれる毒だけを抽出したということですか？」

「毒？　どうだろう。使用者によると天国に行ける素晴らしい薬だそうだ」

ルーディルさんが嘲笑《あざわら》うように人としての威厳も何もなくしたテンション王を見た。

「ルーディルさんに、良心はないのですか……あんなの、悪魔の所業です……！」

「なんとでも言えばいい。私の良心は……ずいぶん前になくなった。大切な人とともに」

そう答えたルーディルさんの目に迷いはなくて……。

昔のことを思い出した。

山賊時代、ルーディルさんは何故か私の作った笛に興味を持って、よく一緒に練習をした。

特別優しかったわけではない。でも、だからといって冷たい人というわけでもなかった。なかった、はずだ。

でも実際のルーディルさんはこんな憎しみを隠し持っていた。

私は、いつも気づかない。

その人がどんな気持ちでいるのかを……。

カイン様の時も……。

悔しい。いつも、周りにいる人たちが感じていることを私は気づけない。

私はどうにか口を開いた。

戦争を止めるために、ここまで来たのだから。

「……復讐のためというのなら、もう、これでいいじゃないですか！　貴方の復讐の相手は、あんな状態になってる！　それなら、もう、いいじゃないですか……！　わざわざ戦をさせる意味がわからない！」

「復讐？　ああ、コウキにでも聞いたか……」

そう言ってルーディルさんは、改めて惨めにラジャラスさんにすがりつくテンション王に視線を向ける。

「これぐらいでは足りない。まだアイツにはフィーナ以上の苦しみを味わわせないと気が済まないんだ。それに、私は、あの小物だけを憎んでいるわけじゃない。私は、フィーナを苦しめた全てに同じ苦しみを味わわせたい。王国にすがりつく奴ら、王国の味方をするもの、この国全てが、私の敵だ」

「そんな……！　この国は変われる！　変わろうとしてるのに！」

私はそう吠えつく勢いで叫んだ。

ルーディルさんが、後ろの人に何かを指示するように目線を動かすと、背後から腕が出てきて私の口を閉ざす。

また、甘い香り。

この香りは最近嗅《か》いだ。ゲスリーに捕らわれた時だ。

意識が揺らぐ。

ゲスリーが嗅がせてきたものは、麻薬とまではいかないものの、私とグレイさんが共同して作った睡眠薬のそれをもっと凝縮した薬だった。

ゲスリーは、城内にこの薬が蔓延してることを知ってたのだろうか……？

奪われていく意識の中で、何故かそんなことを思った。

力が抜けていく。

顔を上げることもできなくなった時、

「この国は、変わらなくていい。変わらないまま滅びてくれるのが、私の望みだ」

迷いのないルーディルさんの声が聞こえてきて……。

私はそのまま意識を手放した。

転章Ⅲ　ラジャラスの過去

貧しい農村に生まれた。

貧しくて貧しくて、僕は貴族に売られた。

そしてそこからの生活は地獄だった。

貴族のお屋敷で、僕は家畜以下の存在だった。

意味もなく痛めつけられ、食事もろくに与えられない。一緒に売られてきた仲間たちも、どんどん動かなくなった。

そこに、現れたのが、アレクさんたちだった。

「んー！　んー！　んんー!!」

ある日、奴隷の収納部屋の中で身を丸くして寝ていたら、僕を買ったご主人様の呻《うめ》き声が聞こえてきた。

「うるせぇなぁ。魔法使いっっても呪文が唱えられねぇんじゃ、ただの畜生と変わらねぇな」

ついで今まで聞いたことのないドスの効いた声が、聞こえてくる。

「んん！　んんん！」

「なあに、別に命を奪おうってわけじゃねえ。ちょっと金目のものさえ手に入ればいいんだ。さっさと道案内できれば、すぐ済むぜ」

「アレク、アンタ、ホントにそういうセリフ似合うわよね。でも安心して、アタシ、そういうとこも好き」

別の男の声が聞こえた。ご主人様の他に、二人いる？

「やめろ、くっつくな！　たっく……。おい、クワマル！　そっちはどうだ⁉　何か見つかったか⁉」

「ありますぜ！　さすが悪徳貴族って感じで金目のものがわんさかありやす！」

少し離れたところからも声が聞こえてきた。

外が気になって、重たい体を起こして、鍵穴を覗《のぞ》く。

まず目に入ったのは体を縄で拘束されたご主人様だった。

口にはなにかを噛ませてるみたいで、さっきからくぐもった呻《うめ》き声しか聞こえない。

ご主人様の近くには、大男がいた。その風体を見て、先ほど聞こえた恐ろしげな声はこの人だとわかった。

その大男が、ふと顔を上げるとこちらに視線を向けた。

僕に気づいたのか、わからない。

男は見ただけじゃなくて、ご主人様を縄で引きずりながら、こちらに向かって歩いてきた。

「なんか、クセェんだよな。この辺りから臭ってきやがる……」

大男はそうぶつくさ言うと、ドアノブに手をかけた。ガタガタとドアが揺れて、僕は思わず後ろに尻餅をついた。

怖い。怖い。怖い。

「ん？　誰かいるのか？　おい、この部屋には何がある？　鍵はどこだ？」

男の声が聞こえる。こっちに来るつもりなんだ。

心臓の音が激しくなる。

この扉はいつも僕たちに恐怖を与える。

ガチャリという音が鳴って、ニヤニヤした顔のご主人様が入ってくると、地獄が始まるから。

手が震えてきた。

誰か、仲間に知らせないと……。でも最近、仲間たちはみんな眠いみたいで、全然動かなくて……。

「面倒だ。壊すか」

大男の低い声が聞こえたと思った瞬間、ガタンと激しい音が鳴った。

日差しが差し込み、思わず目を細めて手をかざす。

「これは……」

大男の戸惑ってるような、掠《かす》れた声が聞こえてきた。
恐る恐る男を見ると、目を見開いて顔を険しくさせて僕を、僕たちを見ていた。
「なんて、ことを……！」
悲鳴のような声は、大男の連れから。
何が何だかわからなくて、胸の鼓動の音だけが異様によく聞こえる。
「んん！　んんん！　んー！　んー！」
ご主人様の唸《うな》り声が聞こえて、そちらに視線を移した。
顔を真っ赤にして、僕を睨《にら》みつけている。
何かを僕に命じてるんだと思った。
でも、その眼差しが怖くて、体が硬直した。
ご主人様があんな風に目を真っ赤に充血させた時は、いつもよりひどい折檻《せっかん》が待ってい
る。
いやだ。もういやだ。痛いのは、嫌だ。怖い怖い怖い。
体が震えて、呼吸もままならなくなって、だから気づかなかった。
いつの間にか僕の目の前に人が立っていた。
その人は、僕に手を伸ばす。
叩かれる。

そう思って目を瞑《つぶ》る。

でも、痛みは来なかった。

その代わりに頬に温かい熱が。

「落ち着いて、もう、大丈夫よ。……よかった。あなただけでも生きてて くれて」

涙に濡れた優しい声に、そっと顔を上げると、大男の連れの人が泣いていた。

「この部屋の惨状は、てめえがやったのか？」

また、大男の声がした。

そして、苦しげに呻《うめ》くような、ご主人様の声も。

「……さっきは命まではとらねぇっつったが、あれは嘘だ」

大男がそう言うと、甲高い呻き声が響いた。

何が起こっているのか、見ようと思って顔を上げようとしたけれど、目の前の人に抱きしめられて何も見えなくなった。

「あなたは、何も見なくていい」

その声は、今まで聞いたことないぐらいに優しかった。

懐かしい夢を見た。

アレクサンダーさんに拾ってもらった時のこと。

「できれば、もっとその先の、みんなで暮らしたところの方を夢で見たかったな」

苦笑まじりに自分が見た夢について愚痴ると、蝋燭《ろうそく》が燃え尽きていることに気づいた。傀儡《かいらい》の王に作らせた地下室で少し仮眠をするはずが、結構寝てしまったようだ。

地下の部屋は、灯りがなくなると何も見えない。私は手探りでマッチを探ると、火をつけてランプを灯す。

そろそろ、彼女に薬を与えなくては……薬の効果が切れて、今頃苦しげによだれでも垂らして待っているはずだ。

傀儡の王を操るためのこの薬には、強い依存性があり、薬が切れると途端に死にたくなるほどの苦しみを味わう。

「ふふ……」

思わず笑みが浮かぶ。

まだ幼い少女には酷だろうか？　いいや、これで良いんだ。彼女は少しぐらい、苦しんだ方がいい。

もっと惨めであるべきだ。私のように。私以上に。

だって、彼女は、使えないくせに、私が欲しかったものを掻《か》っ攫《さら》っていった、魔女なのだから。

第五十七章　地下牢編　止まらない戦争

体がズシンと揺れた気がして、重い瞼《まぶた》を開けた。

土を掘っただけって感じの天井が見えた。

また知らない天井か、デジャブ……。

最近、こんなことばかりな気がする。

それにしても、なんか、気持ち、悪……。

頭が痛い。

どうにか記憶を掘り起こして、ラジャラスさんとルーディルさんに囚《とら》われた記憶を思い出す。

なんかすごい遠い記憶のような気が……。

とりあえず、この気持ち悪さをどうにかするため私は解毒の呪文を唱えることにした。

前回ゲスリーに拉致られた時にもお世話になった解毒魔法。

流石《さすが》に似たような事態が立て続けに二回ともなると慣れてくるらしい。

前と同じように吐血すると、意識がはっきりとし始めた。

体を動かそうとすると、ジャラリと鎖を引きずるような音がした。

引きずるような、というか……鎖を引きずる音そのものだったようで、私の両手首と両足にそれぞれ鎖が絡まっているのに気づく。

体が重いと思ったのはこれが原因か。

手首の方は、手の動きを封じるために両手をくっつけて縛られてる。

足の方は足首に鎖が巻かれてての鎖の先はベッドの端にくくりつけられており、ここから動けないようになっていた。私は猛獣か。

ヘンリーに囚《とら》われた時と違って部屋の内装も本当にただの牢獄《ろうごく》って感じだし。

ただの土壁に、小さいベッドが一台。ちょっとした台にランプの明かり。おトイレ用なのかしらと思われる穴。

絨毯《じゅうたん》などもあろうはずもなく。

今思えば、ゲスリーは私を閉じ込めるために、立派な部屋を用意してくれたんだなと妙なところで感心した。

服もいつのまにか変わってる。

誰かが着替えさせたのだろうか。

しかもそれもすでに汚れていて……あれ、私ここに来てからどれくらい経った……？

この部屋で目が覚めたのは初めてのはずなのに、初めてじゃないような気がしてきた……。

おぼろげな記憶が脳裏にかすめる。……だめだ、思い出せない。

と思ったところで足音が聞こえてきた。

私は扉の辺りを窺《うかが》う。金属でできた扉なのだが、真ん中上の方は格子状になっていて向こう側が見える。その格子窓を覗《のぞ》くとあんまり会いたくない顔が見えた。

ラジャラスさんだ……。

彼は私が目を覚ましていることに気づくと少し驚いたのか目を見張った。

「……もう起きてたのか。ああ、そうか、外が騒がしいから……」

騒がしい？　そういえば、体全体が揺れたような気がして目覚めたのだ。

それに、今も少し揺れてる……？

「食事を持ってきました。気分はどうです？」

ラジャラスさんはそう言って床に何かを置いた。

床と扉の間には少しだけ隙間があって、そこからスープの入った器と、パンが乗ったトレイが差し出された。

どうやら食事を持ってきてくれたらしい。

正直あまりお腹も空いてないので、再びラジャラスさんの方を見る。

「ここはどこですか？」

私がそう尋ねると、ラジャラスさんは首を竦《すく》めて懐から何かを取り出した。

四角い小さな紙、いや、薬包だ。彼は取り出したそれを見せびらかすように私の前に掲げる。

「強がっていても薬の効果が切れて辛いでしょう。これを吸うと楽になります」

何か勝ち誇ったような顔でそう言うラジャラスさん。

あの薬包の中身は、テンション王にも吸わせていた薬だろう……。

解毒魔法のお陰で、依存症状のようなものはないけれど、もし薬が体に残っていたら抗い難い誘惑だったのかもしれない。

「もう一度聞きます。ここはどこですか？」

ラジャラスさんは訝《いぶか》しげな表情をすると、すぐに不機嫌そうに目を細めた。

「……ここは陛下が作った地下室ですよ。あなたのために急遽《きゅうきょ》作ってもらったので、粗いところもありますが、しばらくの間ご辛抱ください」

「しばらくというのはいつまでですか？」

「戦争が終わるまで。ルーディルさんは、剣聖の騎士団の勝利で終わった後の統治について、貴方を旗頭にして行う予定のようなので」

「私を……？」

そういえば、ルーディルさんはまだ私に利用価値があると言っていた。

「私がルーディルさんの言いなりになると思うんですか？」

「ええ、思っていますよ。あなたは、私たちの傀儡《かいらい》になってもらう。そのためにこれがあるのですから」

そう言って再び薬包を振った。

ああ、そうか、彼らは薬を使って私を操るつもりなのか……。あのテンション王と同じように。

けれど、私には解毒魔法がある。

ルーディルさんたちの思い通りにはならない。

「今は何時ごろですか？　私はどのくらい寝ていたんですか？」

そう言いつつ鎖を引っ張ってみる。ジャラジャラと無機質な音が鳴る。

この鎖、重い上に太い。強化魔法で引きちぎれるか心配になってきた。

「そんなことを聞いてどうするつもりかわかりませんが、知りたいのでしたら伝えましょう。今は昼過ぎです。貴方がここにきてから、すでに二日が経過してます」

ラジャラスさんの話に目を見開いた。

え……二日……？

そんな、馬鹿な……。

真っ白になった頭に、先ほど思い出せなかった記憶が蘇《よみがえ》る。

そうだ、私はこの場所で何度か寝起きしてる。

意識が朦朧《もうろう》としてハッキリとは覚えてないけど……食事と一緒に、薬を飲まされて……。

薬を摂取しては寝て、起きてはまた薬を摂取する。私は、確かにそういう生活を二日ほどしていた……。

先ほどは、大きな揺れで、ちょうど薬の効果が薄らぐ時にたまたま起きることができたのだろう。

だから解毒魔法を使う余裕が生まれた。

でも、それまではずっと朦朧とした意識の中で、ここで暮らしていたのだ……。

私は奥歯を噛み締めた。

「私をここから出してください！　外はどうなっているのですか？　本当に貴方たちは何がしたいのかわからないっ！　陛下はもうあんな状態で……わざわざ戦争なんてしなくても、貴方たちが勝つ方法はあったはずです。それなのにわざわざ戦わせるなんて……！」

「双方にある程度犠牲が出ないと、意味がない。簡単に手に入れた勝利や革命に、ついてくるものなどいないでしょう？」

「そんなの違う!!　勝利を手にした後のことはその後の動き次第です！」

私がそう噛み付くように言うと、ラジャラスさんは顔を下に向けた。

「……たくさんの犠牲があった上での革命だからこそ、ありがたがる。だから戦争が必要だと、ルーディルさんは言っていた」

ルーディルさんが……？

それはそうだろう。あの人はだって、この国の人たちの未来を嘆いて剣をとってるわけじゃない。

復讐のために世界を巻き込んでいるだけだ。

正直、この国をめちゃくちゃにした後のことは本気で考えてないような気がする。

でも……アレク親分は違うはずだ。

それにクワマルさんやガイさんだって……。それに今目の前にいるラジャラスさんは……？

「ラジャラスさんは、どう思っているのですか？　ルーディルさんの言う通りでいいと本当に思ってるんですか？」

「私は……」

私に問われたラジャラスさんは、そう言って先が続かないのか口をつぐんだ。

しかし、すぐに視線を上げて私を睨《にら》むように見た。

「私はアレクさんたちの望むように動ければそれでいい！」

ラジャラスさんが思いの外に声を荒らげるので　言葉を失っていると彼はさらに口を開

いた。

「君は一体なんなんだ！　どうして私は捨てられたのに、君は彼らの側《そば》にいられたんだ！　私の方が美しくて、従順だった！　それなのに……何が悪かったんだ！」

突然ラジャラスさんが意味わからないことを言い始めた。

私の方が美しいって……。いや確かにそうかもしれないけども。

「な、何の話をしているんですか？」

戸惑いながらそう問いかけてみたけれど、ラジャラスさんは忌々《いまいま》しそうに私を見るだけで答えようとしなかった。

というかそもそもラジャラスさんは、いつから親分と繋がっていたんだろうか。

基本的に、王都から離れた南の領地にこもっていたはずのアレク親分たちと、王都にいたはずのラジャラスさんが出会う機会なんて、そうそうないはず……。

「いつからアレク親分たちと繋がっていたんですか？」

ダメもとで、疑問を口にする。

先ほどから意味わからないこと言ったり、無視したりしてるので、どうせ答えてはくれないとは思うけど。

と、思っていたけれど、ラジャラスさんはこちらを見て不敵に笑った。

「わかりませんか？　貴方は私という存在がいることを間接的に知ってるはずですよ。それに私がアレクさんたちに対してどんな気持ちでいるのかを、一番わかっていると思いますがね」

間接的に知ってる……？

ラジャラスさんの言葉の意味がすぐにわからず、眉根が寄る。

どういうことだろう。それに、私がラジャラスさんの気持ちが一番わかってるというのも……。

いや、待てよ……。

『どうして私は捨てられたのに、君は彼らの側にいられたんだ！』

ラジャラスさんが叫んだ言葉が脳裏を過《よ》ぎる。

まさか、ラジャラスさんは……。

「貴方は、私と同じで、親分たちとともにいたことがあるってことですか？」

かつて私は親分たちにさらわれて、行動を共にしていた。

そしてその時、以前にも子供をさらったことがあるというような話を聞いた気がする。

貴族に虐待を受けていた子供を拾って、安心できるところにやったとか、そんな話を……。

「やっと気づいたんですか？　そう、その通りですよ。私はアレクさんに拾われ、いや、救われた身なのですよ」

そう言って、ラジャラスさんは笑みを深めると再び口を開いた。

「私の生まれは、もともとヤマト領の開拓村で、五歳で貴族の屋敷に売られました。そこの主人は酷い人だった。非魔法使いを人とは思えないらしく、毎日意味もなく折檻《せっかん》を受け、食事もろくに与えられなかった。数年間、そんな生活を耐えたところで、アレクさんたちが助けにきてくれた。その貴族を殺してくださった」

ラジャラスさんが、静かに語り出した内容に思わず目を見張った。

私が驚いている間にラジャラスさんは話を続ける。

「それからしばらくアレクさんたちと行動を共にしました。温かい食事を与えられ、夜には温かい布団にくるませて、傷があれば薬を塗ってくれて、怯《おび》える私に温かい言葉をかけてくれた。アレクさんたちは、ヤマト領の貴族を殺したことで立場を悪くしていたので、逃げるようにして移動する日々。それでも私は幸せだった。そこには私の欲しいものが全て詰まっていた。最高の日々だった」

ラジャラスさんの話に、かつての自分の姿が重なった。

温かい食事、食事の後はどんちゃん騒ぎで、夜は疲れてぐっすり眠る。

私にとっても、親分たちと過ごした日々は、本当に楽しいものだった。

いや、よくよく考えれば実際きついこともあったけど、親分顔怖いし……でも、こうやって振り返ると楽しいことばかりな日々で……。

「だが、途中でアレクさんは、子供を欲しがっていた行商人に私を売った。危険な旅に子供を連れ回すのは気が引けると言って……。売られた先の商人はアレクさんが選んだだけはあって、いい人そうだった。……でも運の悪い人だった。一緒に行商をしている途中、事故で死んだ。私はまた人の手を渡り、人身紹介所に流された。そこで、すでに商人として名を馳せていたヴィクトリアに買われて、文字の読み書きや教養を叩き込まれて、陛下の慰みものとして献上された」

ヴィクトリアさん……。商人ギルドのトップである彼女の笑顔が浮かぶ。

ヴィクトリアさんがラジャラスさんを王に斡旋《あっせん》したのは知ってた。

彼女はラジャラスさんのことを『良い掘り出し物を見つけた』と言っていたのも聞いたことがあったかもしれない。

あまりいい気持ちではなかったけれど、深くは考えなかった。この国では人の売り買いは合法で、私が口を出せることじゃないと、そう、思って……。

戸惑う私を置いて、ラジャラスさんは淡々と話し続ける。

「私は王宮にいる間、密かにアレクさんを探した。今のこの立場なら、アレクさんの役に立てる。それだけが私の希望だった。そして、アレクさんたちは私を見つけてくれたんだ」

話の内容に圧倒されて何も言えないでいる私をラジャラスさんは睨《にら》み付けるようにして

見た。

「君より私の方が有用だ。そうだろう？　それなのに、アレクさんたちはどうして君を特別に扱う。邪魔しかしない君を！　君にはコウキさんがついていった。私の時は違った。私の方が使える人間なのに！」

そう言ったラジャラスさんが、ずいぶんと幼く見えた。

まるでわがままを言う子供みたいに。

でも、その姿は、かつての自分と重なった。

……似てると思った。

「……コウお母さんがついてきてくれたのは、私が、一緒にいたいって言ったからです。

……ラジャラスさんは言ったんですか？　一緒にいたいと伝えたんですか？」

私が尋ねるとラジャラスさんは訝《いぶか》しげな表情をした。

「そんなこと言えるわけないだろう？　そんなわがままを……」

「そんなこと、親分たちはわがままなんて感じませんよ。きっとその時ラジャラスさんが一緒にいたいと言えば、彼らは一緒にいさせてくれたと思います。……でも、ラジャラスさんの気持ち、私もわかりますよ。私もそうだった。利益を生み出せば、必要とされると思いこんでいた。わがままなんか言えば嫌われると思っていた。私は必死で彼らの望むことをやろうとした。……自分の望むことを後回しにして」

そう言いながら、山暮らしのことを思い出す。

彼らとずっと一緒にいたいからと、私は色々と空回りしていた時もある。

そんな日々を懐かしみながら私はさらに口を開いた。

「でも、彼らは私たちに利益なんて望んでないんですよ。そりゃあ口では悪ぶってましたけど……優しい人たちだった。人を利益で見ない人たちだから、私たちはきっと彼らと一緒にいて心地よかったんです。彼らの側《そば》にもっといたいと思えた。大好きな人と一緒にいるのに必要なのは、自分がその人にとって有用かどうかじゃない」

扉の小さな格子の隙間から、ラジャラスさんの戸惑うように揺れる瞳が見えた。

「……私をここから出してください。戦争を止めたい。私だって、親分たちのこと愛してます。そこに変わりはない。私は、愛してるからこそ、彼らを止めたいんです」

私の言葉にハッとしたように目を見開いたラジャラスさんは、でもすぐに首を横に振った。

「だが、今更君が外に出て何ができる？」

「まだ、できることはあります」

「いいや、もう遅いんだ。戦争はもう始まっている。王国騎士が、君をさらうために夜襲をしたことは明るみに出ている。そっちの陣営は君の弔《とむら》いのために戦いたがっているぞ。そして、ハインリヒ陛下も宣戦布告を出した。君は止められなかったんだ」

ラジャラスさんの話に思わず言葉を失った。

止められなかった……？

「もう、戦争が……？」

ラジャラスさんは頷《うなず》いた。

「ヘンリー殿下も動き出す頃合いだ。もう犠牲は免れない。そして少しでも血が流れれば、この戦争は泥沼だ」

ラジャラスさんの言葉が私に重くのしかかる。

間に合わなかったってこと……？　今までのことが脳裏に過《よ》ぎる。

アレク親分はどうしてるだろうか。

リッツ君にシャルちゃんは？　カテリーナ嬢とサロメ嬢だって……。

みんな今、どうしているのだろう。

私は……。親分たちと暮らしていた時、私は親分に力を貸すつもりだった。

そこに自分の意思はなくて、ただ親分たちによく思われたいから、家族でいたいから、親分の無謀ともいえる目的のために尽くすつもりだった。

けれど、学校に行って、いろんな人たちに会った。

アラン、カイン様、シャルちゃんにカテリーナ嬢にサロメ嬢、リッツ君に、クリス君、ユーヤ先輩、一緒にドッジボールをしたみんな、みんな……。

私の世界は広がって、だからこそ、私は親分を止めようと思うことができた。

ただ親分のやりたいことを否定するわけじゃなくて……。

この国を変えることで、親分を止めるんだって……。

それなのに……。

一気に体の力が抜けた。ベッドの上で項垂れるようにして顔を下に向ける。

間に合わなかったんだ……。

『もう諦めちまうのか？』

親分の声が聞こえた気がした。

不敵な笑みを浮かべて、試すような口調で、スキンヘッドを光らせて、親分が私を見ているような気がした。

『リョウちゃんなら大丈夫よ！』

いつもの励ますようなコウお母さんの声も。

『リョウ様がお決めになることなら、私はずっと応援してます！』

シャルちゃんの声。

頭の中で、みんながみんな私に勝手なことを言ってくる。

学園のみんなだって、私を信じて、戦争が始まるのを止めていてくれた。

……私は、まだ諦めない。

「ラジャラスさん、私を出してください。まだできることはあります」

「何をするつもりだ……。君が出てきたところで、場が混乱するだけだ」

「それでもいい！」

吠えるようにそう言うとラジャラスさんの瞳が迷うように揺れる。

そして何かを口にしようとした時、外から慌ただしい足音が聞こえてきた。

ラジャラスさんもその音を聞いて通路の方に顔を向ける。

「陛下のご様子が……！」

知らない男の人の声……王国側の騎士だろうか。

「落ち着きなさい。陛下がどうしたのです？」

「人が変わったようになって……宣戦布告を取り下げようとなさってます！　戦場は混乱していて、こちらの被害が大きい」

「馬鹿な！　何故、陛下はそんなことを⁉」

「わかりません！　ただ、その後はリョウ＝ルビーフォルン嬢を連れてこいとおっしゃるばかりで……！」

「私……？」

唐突に私の名前が出てきて、ラジャラスさんに視線を向ける。

小さな格子窓を通して目が合ったけれど、ラジャラスさんは苦々しい顔をするとすぐに目を逸《そ》らした。

「陛下がそんなことをおっしゃるとは、信じられない……。陛下のもとへ行く。君は先に行って陛下をなだめて差し上げろ」

ラジャラスさんがそう言うと、兵士の人はハッと返事をして踵《きびす》を返していった。

それに続こうとするラジャラスさんの背中に私は慌てて声をかける。

「待って！　それなら私も連れていって！」

私は鎖を引きずるようにして側《そば》まで行くと、どうにか格子にすがりつく。

「陛下は私を探してるのでしょう⁉　なら私を……」

「君は連れていかない。君は死んだことになっている人間だ。それに、行ってどうする？君にとって都合がいいことが起こるとでも思っているのか？」

「それは……でも、直接話ができれば、戦争を今からでも止められるかもしれない」

「無駄な足掻《あが》きだ。陛下に理性はもうない。……何故君を探しているのかわからないが、ろくなことではないのは確かだ」

ラジャラスさんにそう言われて、私は一瞬怯《ひる》んだ。

確かに、あの陛下と話して実りのある話ができるような気がしない。

その陛下が私を探す理由……考えられることとしたらゲスリーから生物魔法のことを聞いた、とか……？

もしそうなら、あの臆病な王は、生物魔法を使える私が生きてることを決して許しはしないだろう。

確実に殺すために、私を呼んでいるのかもしれない。

でも……！

「戦争を止められるチャンスがあるなら、私はどうなってもいい！」

「……馬鹿な女だ。どうして、こんなのをコウキさんも、アレクさんも……」

苦々しい顔でラジャラスさんはそう言うと、彼はそのまま行ってしまった。

ラジャラスさんに置いていかれた。

けれどもそこで諦める私じゃない。

私は、強化の魔法を唱えて、まずは両手足を封じている鎖の根元を引きちぎった。

まだ、手首足首に鉄の鎖が巻かれてるけど、動ければそれでいい。

自由になった私は、よろよろと立ち上がって鉄扉に触れた。

冷たく、大きくて重い鉄の扉。

扉には格子がはめられた小窓があるけれど、人の顔を見るのがせいぜいという大きさだ。

この分厚い鉄をどうにかすることは難しそうだけど、やるしかない……。

私は魔法で力を強めて、精一杯の力で鉄の扉を叩いたり引いたりしてみた。

けれど、やっぱりびくともしなくて……。
「だめ……」
あの臆病な王が作ったという扉は物凄く頑丈だ。
どんなに力を入れてもうんともすんとも言わない。
今はゲスリーに閉じ込められた時に使った火薬の秘密道具もない。
私は、思わずその場にへたり込んだ。
足に巻き付いた鉄の鎖が、床に当たって音が鳴る。
そして、ズズズとまた地響きみたいな音が鳴った。
ラジャラスさんは、その地響きは戦場が近いからだと言っていた。
こんなに地響きが聞こえるような戦いが、行われてるってこと？
悔しさで唇を噛《か》んだ。
結局、戦争を止められなかった。
――ズズズズ、ズン
唐突に今まで以上の大きな地響きが起きて、盛大に揺れた。
体勢が崩れて床に手をつく。
この揺れは……？
そう思ったところで、足音が聞こえてきた。

誰か来る。

ラジャラスさんが戻ってきたのだろうか？

扉の小窓を凝視して身構えていると、扉の前までやってきたのは……。

「アラン……？」

彼が手に持っていたランプの灯りで、アランの黄緑色の瞳が大きく揺れたのがよく見えた。

「リョウ！！」

彼は私と目が合うとそう叫ぶように名を呼んだ。

突然のアランに戸惑う私を小窓から見下ろして、アランは顔をしかめた。

鎖を引きちぎったりした時にできた傷や、後は覚えのない傷とかが結構あって、痛そうだったのかもしれない。

「リョウ、大丈夫なのか？」

「な、なんで、ここに……？」

「探しにきたんだ！　とりあえず、この扉開けるから！」

そう言ってアランは呪文を唱えて扉に触れた。

アランが唱えたのは解除の呪文だ。

いつもなら、この呪文を唱えると、魔法で作られたものは大概すぐに崩れ去るのに、今回ばかりはそうはいかないようで、アランの眉間に皺《しわ》が寄る。

そういえば、この鉄扉はテンション王が作った。

王族は特別力が強いという話はよく聞くし、王族の一人であるゲスリーの力を間近に見たこともある。

そして、解除の呪文は、自分よりも格段に強い魔法使いが作ったものは崩せない。

もしかしたら、この扉は、アランの力では壊せないのかもしれない。

そう思った時、ざあああっと砂が落ちるような音がして、目の前が開けた。

「扉が、崩れた……」

私はそう呟《つぶや》いて、アランを見上げた。

額に汗を浮かべたアランが、ホッとしたように息をつく。

よく見れば、アランの服装は少し汚れていた。いつもまっすぐ整えられている髪もすごく乱れている。

今の私の恰好《かっこう》も相当やばいだろうけれど、アランも少しやつれていて……もしかしてずっと私のことを探してくれていたのだろうか……。

「リョウ、無事でよかった」

そう言って、今にも泣きだしそうに瞳を潤ませたアランが、手を差し出してくれた。

戸惑うような気持ちでその手を見る。

その手に自分の手を乗せることが、すぐにできなかった。

……だって、もしここで、私がアランの手をとったら、私はもう一人では立ち上がれなくなる。

そんな予感がした。

アランの手をとって、そのまま泣いて縋《すが》りついて、全部をアランに任せて。

何も考えたくない。辛いことも悲しいことも……。

アランに名を呼ばれてハッとした。

「リョウ……？」

私はごくりと唾を飲みこむ。

何を考えてんだ。私……。

私はゆっくりと、アランの手に自分の手を重ねた。

……落ち着け私。

私には、色々しなくちゃいけないことがある。確認することだって、あるんだ。

まだ、間に合う。私にできることはある。

私はアランに支えられている方の手にあまり力をかけず、意識して自分の力で起き上がった。

「ありがとう、アラン……」

私はそう言って、少し息を吐き出す。

大丈夫、いつもの私だ。

改めて口を開いた。

「……どうして、私がここにいるとわかったんですか？」

「光や風の魔法を使って、できる限り地上を探ったけれど見つけられなかったから、地中かもしれないってずっと土の魔法で探してた」

「そんな人探しできるような魔法が、魔術師の呪文にありましたっけ？」

精霊使いなら、光精霊魔法が使えるし、風で音も拾えるらしいから、できなくはないかもだけど、アランみたいな魔術師はそういう範囲の広い魔法は苦手なはず。

「必死になってやったらできた。リョウも言ってただろ？　精霊魔法使いにできることは魔術師にでもできる可能性があるって、それを思い出して……」

と、アランが話してる途中で、また地響きが。

アランも私も警戒するように上を向いた。

「……ここは、戦場に近いんだ。早く出た方がいい」

「もう戦争が始まったと聞きましたけど、本当なんですか？」

「ああ……。ルーディルっていう人が、血のついたリョウの服を持って帰ってきたんだ。王国騎士に襲われて殺されたと言って……。それで、怒りで我を忘れた反乱軍の一部が、王国軍を襲って……小競り合いで済んだが、王国側から宣戦布告が出た……止められなかった」

悔しそうに、アランがそう言った。

服が着替えさせられてると思ったけれど、そんな使い方をされるとは……。

ルーディルさんはどうあっても、全面戦争をしたいらしい。

そして双方ともに大きな犠牲が出たところで、薬で腑抜けになったテンション王を使って、反乱軍の勝利で戦争を終わらせるつもりなのだろう。

今のところルーディルさんの描いた未来図に沿っているのだろうけれど、彼は知らない。

王国側にはゲスリーがいる。彼の力は絶大で、彼がいる限り、そう簡単に反乱軍の勝利で終わると言いきれない。

ルーディルさんが想定している以上の大きな犠牲が出る。

私は出口に向かって歩を進める。

まだ止められる。止められる可能性はある。

「待て、リョウ。どこに行くつもりだ？」

「どこって、話をつけてきます。もう時間に余裕もないので、このまま王国軍側に行く。

反乱軍側は、私が生きているとわかれば収まりますし……こんな無駄な争いする必要なんかない！」

「話をつけるって、どうやって……」

「王は、私が生物魔法を使えるかもしれないことをヘンリー殿下に聞いた可能性が高いです。生物魔法を餌に、取引ができるかも。生物魔法の秘匿《ひとく》と引き換えにすれば」

今の薬漬けのテンション王は話にならないだろうけれど、それは解毒魔法を使えばどうにかなる。

そして生物魔法が使えることを証明して、後は……。

「生物魔法の秘匿って……」

アランはそう呟《つぶや》いて、目を見開いた。

そして顔を険しくさせる。

「生物魔法っていうのは、魔法使いを頂点とするこの国の在り方を覆すほどに危険なものだ……！　それを秘匿？　取引ができたとして、それはつまりリョウが死ぬことなんじゃないのか⁉」

察しのいいアランに思わず視線を逸《そ》らした。

秘匿するために一番の方法は、秘密を知る人が、生物魔法を使える人が、死ぬこと。

それ以上の秘匿の仕方はない。

「わかってます‼　でも、だからこそ、価値がある。私がやらなくちゃ……」

「俺は反対だ！　そんなの、ダメに決まってる！」

　速攻で反対されて、私は頭に血がのぼった。

「……じゃあ、だって、どうすればいいんですか⁉　どうやったら止められるんです⁉

アランは、王国側でしょ⁉　このままいけば、私たちだって争わなくちゃいけなくなる！」

「争い合うつもりなんてない！」

「つもりがなくたって、否応なくそうなる！」

「なんで、周りの戦いに合わせて俺たちが争わなくちゃいけないんだ！　俺はこんなのに参加するつもりなんてない！」

「そんなことできっこない！　だって、アランは、魔法使いで、次期レインフォレスト領の領主！　避けられるわけ……」

「逃げよう、リョウ」

　怒りと焦りで冷静さを失っていた私の言葉を遮るように、アランが静かにそう言った。

　アランの言葉に、私は目を見開いてアランを見る。

「……逃げる？」

「そうだ。逃げよう。遠く、誰も追ってこられないように……そうだ海を渡ろう。それで別の国に行くんだ」

しばらくアランの言っている意味がわからなくて言葉を失った。

でもどうにか理解して、恐る恐る口を開く。

「そんなこと、できるわけない……。だって、じゃあ、ここにいる人たちのことはどうするの？」

「そんなこと知るもんか。戦いたいなら、戦いたいやつらで勝手に戦っていればいいだろ。俺たちには関係ない」

「関係なくなんて……それに、アランだって、アイリーン様のことはどうするの？　レインフォレスト領は……」

「母上は強い方だ。俺がいなくても問題ない。それに母上には父上も、クロード伯父様もいる」

「そんな……！　で、でも、こんな事態になったのは、私のせいで！」

「こんなのがリョウのせいなわけないだろ！　リョウが気に病む必要なんかないんだ！」

「そんなの……」

アランの言葉に戸惑うように私は一歩下がった。

するとアランが焦れたように私の手をとって、口を開いた。

そして口にした言葉が呪文だとわかったのは遅れてからで、気づいた時には手錠のように手首に石の輪っかが付いていた。

「俺は、本気だから。絶対にリョウを行かせたくない。俺は……リョウに生きていてほしい」

「アラン……！」

私よりも辛そうな声でそう言われて言葉に詰まった。

「お願いだ、リョウ。俺と一緒に逃げよう。海を越えて、新しい土地で、二人で、一緒に……。俺が、絶対に幸せにするから。不安なこと全部忘れさせてみせるから！」

そう言って、私の手を握るアランの手に力が入る。

振りほどけないほどの力じゃない。

でも、私は振りほどけなくて、アランを見つめたままこれからのことを想像した。

アランの言う通り、新しい国で、新しい土地で……。

そんなこと、考えたこともなかった。

そうか、でも、海を越えれば……新しい土地と生活があるのかもしれない。

少なくとも、この国の近くには、魔の森で阻まれて海を使わないと行き交いのできない隣国がある。

隣国なのにほとんど国交もないらしいし、距離的にも移動するのは容易《たやす》いような気がする。

逃げようと思えば逃げられるかもしれない。

どんな国だろう。噂によれば乾燥地帯だって聞いたことがあるけれど、どんな人たちがどんな風に生きて暮らしてるんだろう。

料理とかだって、ここは違うかもしれない。

隣にはアランがいて、二人で初めての料理を食べて美味《おい》しいねって言い合ったり、見たことない景色を見て綺麗だねって笑い合ったりも、するのかもしれない。

そんな風に過ごせたら、どんなに……どんなに楽しいだろうか……。

アランと共に過ごす遠い地に想いを馳せて、しばらく無言でいたら、アランが悲しそうな顔をした。

「……一緒に逃げるのは、別に俺じゃなくてもいい。他のやつでも、いい」

アランが言いにくそうにそう言うものだから、私が驚きで目を見開くと、アランは再び口を開いた。

「リョウは、誰となら逃げてくれる？　カイン兄様？　それともコウキさん？　シャルロットか？　カテリーナ？　サロメ？　俺の知らないルビーフォルンにいる人か？　誰でもいい、リョウが一緒に逃げたいと思えるやつがいるなら、俺が絶対にそいつを連れてくるから。そしたらそいつと逃げて、逃げて……生きていてほしい。リョウが、生きてさえいてくれるなら、俺は、リョウの一番側《そば》にいなくても……いい」

アランがひどく辛そうにそう言った。

私が無言だったから、アランは私がアランと逃げるのが嫌だとでも思ったのだろうか。

アランの顔を見て、私は思わず微《かす》かに頬が緩む。

馬鹿な人だと思った。そして同時に愛しいと思った。

私の一番側にいなくてもいいだなんて、そんな悲しい顔して言うなんて。

「海を越えて、新しい国で一からやりなおすのは、確かにいいかもしれない」

気づけば私はそう言っていた。

自分が呟《つぶや》いた言葉に自分自身で驚いて、でも、これは私の本心だ。

そう、きっと楽しい。大変なこともあるかもしれないけれど、それでも、アランと二人でいられたら、きっと……。

でも……。

視線を落とすと、私の手首にはめられた石の輪が見えた。

少しだけ引っ張ってみたけれど、固い石でできたそれは、今の私の力では外せそうになかった。

アランが、無謀な私を諫《いさ》めるためにつけた手錠は、見た目よりも重い。

けれど、その重さが、本気で私を引き止めたいと思うアランの気持ちを伝えてくる。

きっと、アランは、無理やりにでも私を止めようとするだろう。

私もきっと、逆の立場なら、そうすると思うから。

ふと、顔を上げると、逃亡することを前向きに考えている私の言葉を聞いたアランが意外そうな顔で私を見ていた。

自分で提案しておいて、まさか私が乗るとは思っていなかったらしい。

そんなアランに私は微笑《ほほえ》みかけた。

「アランと一緒に海を越えて新しい場所か……いいね。きっと新しいものがいっぱいで、楽しい」

「っ！ ああ、そう、そうだ！ きっと、楽しいよ！ 逃げよう！ 誰と一緒に逃げたい？ 俺が必ず連れてくる」

真剣な顔してアランがそんなことを言うものだから、私は思わず吹き出してしまった。

「何言ってるの？ 私は、アランと一緒にって言ったでしょ？」

「……お、俺で、いいのか？」

「私は、アランがいい」

私がそう言うと、アランは石のように固まった。顔が徐々に赤く染まってゆく。

しかもしばらく待っても反応がない。

まさか、いざ一緒に逃げるとなって尻込みしているのだろうか。

正直、さっきから私は冷静さを欠いているし、今までだって、正直アランにはこう、親分面してたというか……。

なんでアランは私と一緒に逃げようと言ってくれるほど思ってくれるのか疑問に思わなくもない。

「……やっぱり嫌になった？」

ちょっと不安になって、恐る恐る声をかけると、アランがハッとしたように顔を上げた。

「い、嫌なわけないだろ!! 行く！　一緒に行こう」

とアランは勢いよく返事を返してくれた。顔に笑みを浮かべて。

アランのその顔を見たら、ほっとして思わず私も笑顔になった。

一緒に逃げてくれる人がいる。

そのことが本当に嬉《うれ》しくて……でも同時に申し訳なくて、泣きそうだった。

私は涙を隠すためにアランの胸に、自分の額をくっつけた。

急にくっついたから、アランが戸惑うようにみじろぎする。

「リョウ、俺は、その、リョウのことが好きだから、そういうことされると抱きしめたくなる、けど、リョウの気持ちがわからないから、どうすればいいのか……」

アランがわたわたとそんなことを言うものだから、私は何を言ってるんだとばかりに顔を上げてアランを見た。

抱きしめて欲しいからこうしてるのだけども。

私だってもうお年頃だよ。こんなこと、誰彼構わずするわけないじゃないか。

「好きじゃない相手と、海を越えて一緒に暮らしたいなんて思うわけないでしょ？」

私がそう言うと、アランは目を見開いた後、すぐに私の背中に腕を回して私を抱き込んだ。

急だったものだから、私はよろけてそのまますっぽりアランの胸の中に収まる。

小さい頃は同じくらいの背丈だったのに、今のアランは私よりもずっと大きくなっていた。

アランの胸の鼓動が聞こえる。温かい体温を感じる。

このままアランと別の国へ行ったら、私はきっと幸せになれるだろうと思えた。

最初は残してきたみんなのことが心配で、クヨクヨ悩んでしまうかもしれないけれど、これからの新しい生活が、アランとの日々が、そんな悲しみを少しずつ溶かしてくれるかもしれない。

そんな穏やかな生活が、私をきっとこの世界で一番幸せな人にしてくれる。

……そう、思うのに。

私は手錠のはまった両手を持ち上げて、アランの胸を軽く押して見上げた。

「アラン、実は、この石の手錠で手首のところが擦れて、ちょっと痛くて」

「えっ、あ、ごめん」

と言って、手錠をとってくれそうな動作をしたが、その動きがピタリと止まる。

「悪い。手錠を外すのは、ちょっと……。その、リョウは、俺の隙をついてそのまま、戦場とか、危ないところに行きそうだし」

渋い顔でアランはそう言った。

どうやら私は手錠を外されたら、このまま戦争ど真ん中に突入するとでも思われてるらしい。

流石《さすが》にこのまま戦場に突入するつもりはないよ。アランの中の私、バーサーカーすぎない？

……でも、全く外れとは言い切れないあたりが、流石付き合いの長いアランなのかも。

「じゃあ、手首少し擦れたところを魔法で治させて。それぐらいいいでしょ？　他にもちょっと傷とかあるし」

私にそう問われたアランは、「それぐらいなら……」と言って頷《うなず》いて痛ましそうに私の手首を見る。

私は呪文を口にした。

アランは、私の手首を見てる。

傷が治るところを確認したいのかな。

そんなアランを私は見上げた。アランと目が合う。

アランの綺麗な翡翠《ひすい》の瞳に、私の顔が映っている。

アランと私の顔の距離は近かった。

かかとを浮かせて背伸びをすると、その距離はもっとぐっと近くなる。

私は密かに舌を軽く噛んだ。

じわりと血の鉄っぽい味が口内に広がる。

私はそのままアランの唇に自分の唇を添えた。

最初はびっくりしたように肩をびくと動かしたアランだけれど、そのうちキスを受け入れてくれて、でもそれはほんの少しだけだった。

口内に広がる血の味に気づいたのか、それとも自分の体の変化に気づいたのか、アランが私の肩を押さえて顔を離した。

「こ、これは……!?」

そう言って、アランは何かを堪《こら》えるように苦悶の表情を浮かべる。

そして足元がふらついたのか、床に膝をついた。

「アラン、ごめん。やっぱり私、行ってくるね。……安心して。これは、人を眠らせる魔法で、ちょっと眠ってもらうだけ。しばらくしたら目が覚めるから、大丈夫」

私も一緒にしゃがみ込んで顔を伏せたアランを見ながらそう言うと、アランが顔を上げた。

「だ、だめだ、リ、リョウ、行くな……行かないで、く、れ……」

苦しそうな表情だった。抗えない力で意識を奪われようとしているアランが、その圧力に必死で戦っている。

「ごめん……」

アランは私のスカートの裾を掴《つか》む。でも、力が入らないのかずるずると掴んだ手が下に落ちていく。

「行く、な……」

そのうち顔も上げられなくなったアランがそう言った。

私はアランの手を握り、背を支えるようにして片手を添えた。

アランはずるずると落ちてゆく。

「ねえ、アラン。もし、アランがこんな自分勝手な私を許してくれて、私が色々やって、成功しても、失敗しても……生き残れたら、一緒に海を渡って違う国に行きたい。今度こそ、二人で、一緒に……」

私がそう言ったのと同時に意識を失ったのか、アランが蹲《うずくま》るような形で動かなくなった。

ただ眠ってもらっただけなので、もちろん息はしてるけど……。

「アラン……ごめん」

聞こえないとわかっていて、もう一度謝罪をした。

そして私は強化の呪文を唱えると、腕の力でアランのかけた石の手錠を砕いて壊した。

それからアランを横に寝かせて、私がここで使っていたらしい毛布をかける。

苦しそうな表情のまま静かに息をしている。

アランは魔法使いで、レインフォレスト領のご令息。

ここにいることが王国側に見つかってもそう悪いことにはならないはずだ。

「アラン、行ってくるね。大丈夫、私は、別に命を無駄にするつもりなんてないから。無事に生きて、また、アランのところに戻ってくるから。だから……ありがとう」

それだけ言い残して私はその場を去った。

転章Ⅳ　シャルロットとゲスの王子さま

「殿下!!　反乱軍が攻撃を開始したのは、リョウ様が、殺されたからだというのは……本当なのですか!?」

私は、部屋の中で優雅にお茶を飲む殿下に向かってそう叫んだ。

本当は彼の近くまで詰め寄って、彼が持ってるティーカップを叩き落としてやりたかった。

でも、それはドアの近くで待機していたカインさんによって阻まれてしまう。

私の腕を取って、私が殿下に近づけないように動きを抑えられて、部屋の中にすら入れてもらえない。

「シャルロット様から手を離せ」

後ろからアンソニー先生の声が聞こえた。

振り返ると、剣をカイン様の喉元に突き立てる先生がいた。

そうだ。

このままカインさんを殺してしまえば、解放される。いや、それどころか、その屍を操れば……。

そこまで考えて、ゾッとした。

私、一体、今、何を考えて……？

自然と浮かび上がってしまった自分の考えに薄寒いものを感じて唾を飲む。

「カイン、離してやれ。ちょうど私も彼女と話したかったんだ」

その声にハッとして顔を向けると、微笑《ほほえ》みを浮かべたヘンリー殿下がいた。

王子然とした、素敵な貴公子のような顔で。

……以前私は殿下に憧れていた。絶大な力があって、王族の血を引いていて、容姿も麗しくて、お優しい。

国中の女性は全て、殿下に憧れていたといってもいい。

だからこそ私は、リョウ様と殿下が結ばれてくれたらどんなに素敵だろうと夢を見ていた。素敵で素晴らしいお二人が結ばれるのが当然だと思っていた。

でも、リョウ様は、あまりお好きではないようだった。

リョウ様が苦手と感じるのなら、何か理由があるのだろう。完璧なだけの王子ではないのかもしれない。

リョウ様の様子を見て、そう漠然と思うようにはなったけれど、でも、今ならはっきりとわかる。

ヘンリー殿下は、どこか得体が知れない。

カイン様の手が離れた。自由になった私は、堂々と殿下の部屋の中に入る。

殿下は、向かい側の椅子を指で示してきたので、そこに遠慮なく座った。

「殿下、リョウ様が王国軍の夜襲にあって殺されたのだという話を、聞いたのですが」

「ああ、私も、その話を聞いたよ」

「⁉　殿下が、殿下がリョウ様を襲わせたのですか⁉　なんで、こんな！　ここでリョウ様のためにできることがあると、殿下が言うからついてきたのに！」

殿下が地割れを起こした時、私は耳元で殿下に囁《ささや》かれた。

『リョウのために、君にしかできないことがある』

それを信じて、私はリョウ様と別れて殿下についてきた。

私は、リョウ様の側《そば》にいるのは相応《ふさわ》しくないけど、でも、それでもリョウ様のためになることをしたかった。

その気持ちを見透かしたかのように囁かれた殿下の言葉は、魅力的すぎた。

だから、ここにいるのに、それなのに、リョウ様が……。

そうだ、せめて、死体だけでも、リョウ様のお体だけでも手元にあれば……私が……。

「安心しなよ。君にはまだやることがある。それに、リョウは死んでいない」

殿下の言葉に目を見開いた。

「リョウ様は、死んで、いない……？」

「君もわかるだろう？　だって、私たちにかけられた魔法は解かれてない。それはつまり、リョウが生きてるということだ。まあ、死してなお継続する類のものであったらどうだかわからないが……」

殿下が意味のわからないことを言って、何かを考え始めた。

殿下は、何を言ってるの……？

「まあ、今回は間違いなく生きてる。私は夜襲を命じていないし、今の情勢から考えれば、リョウが死んだことにした方が、都合の良い者がいる」

「死んだことに……？　ということは、リョウ様は生きてる……？」

「さっきからそう言ってる。大方どこかで軟禁されてるってところだろうね。魔法使いが力を使えば、隠し部屋も作り放題なのだし」

彼はそう言って両手を広げて余裕の笑みを見せた。

今、私たちがいる場所も、殿下が魔法で作られた建物の一つ。

確かに、魔法使いの力をもってすれば、リョウ様を隠す場所には事欠かない。

「な、なら！　探しましょう！　リョウ様を見つけて差し上げないと……！」

「なに、彼女なら自力でどうにかするさ。私たちは、彼女が戻ってくる時までに彼女の望みを叶えておこう」

殿下はそう言ってイタズラを思いついた子供みたいな表情をした。

「え？　望み……？」

先ほどから、彼の話についていけない。

戸惑っていると慌ただしい足音が聞こえてきた。

「殿下！　反乱軍の奴らの力は思ったよりも強く、劣勢です……！」

開けられた扉から、騎士の一人がそう報告した。

先日から反乱軍の攻撃が始まってる。

リョウ様の死を聞かされた反乱軍の人たちが、怒りに身を任せて進軍をするのは当然といえた。

「ところで、君、兄上が今どこにいるか知ってるかい？」

「は！　陛下は、今は高みの地塔の頂上に座しておいでかと」

「ああ、あそこか。兄上は高いところが好きだからね。よし、では行くか」

殿下はそう言って立ち上がると、私に手を差し伸べた。

「さあ、行こうか。リョウのために、君にしかできないことをやりにいこう」

殿下はそう言った。この切羽詰まった状況には、まったく似つかわしくない柔らかな笑みを浮かべながら。

殿下の後をついていって、カインさんとアンソニー先生とともに高みの地塔を登る。塔とはいうけれど、ただの土や石が盛り上がったような建物で、中には入れない。

上を見上げると、赤い敷物がかけられてるのが見える。そこに陛下がいらっしゃる。

地塔の周りの階段を登って、赤い絨毯《じゅうたん》を踏みしめた。

殿下はここに着くなり、周りの騎士たちを全て下がらせた。

陛下は、そのことに文句を言うことなく、豪奢《ごうしゃ》な椅子の上でだらしなく背を曲げて座りつつ、何か一人でぶつぶつ呟《つぶや》いているだけ。

正直、驚いた。

こんな、こんなに覇気《はき》のない人が、この国の王なの？

「兄上、お久しぶりです」

「うるさい、だま、黙れ……黙れ黙れ、余が王だ。余が……おお、ラジャラシュ、ラジャラシュはどこだ……」

ぶつぶつと陛下は何事か仰せだけど、何を言っているのか、よくわからなかった。

陛下はご病気なの？

「私が見ないうちに、ずいぶんとひどいことになってる」

ははは と爽やかに笑いながら、殿下は陛下のこの状況を受け入れてる。

「……？　ん？　ヘンリー？　お前、ヘンリーか!?」

少しだけ陛下の目の焦点が合った。殿下を見て睨《にら》みつけている。

「お前！　お前どこに行ってたんだ！　お前のせいで、余はこんなとこにまで！　お前のせいでぇぇえ！」

気が狂ったように泡を吹きながら絶叫を上げた。

「兄上がここに来たのは、私のせい？　違うと思うな。別の目的があったはずだ」

「別の？　あ、ああ、ああそう、そうだった。ここに来れば、もらえるから、もらえるって聞いたから……」

今度は、子供のように幼げな声で陛下はそう言った。

はっきりとわかった。

陛下は病んでいらっしゃる。

どんなご病気かはわからないけれど、でも間違いなく、病んでる。

「くれ……くれ……あれが、あれがないと、よく眠れない……悪いおばけが、僕を、いじめるんだ、あれがあれば、あれがあれば……やっつけることができるんだ……」

そう言って、親指をくわえて、体を丸めた陛下は、完全に幼児のようだった。

そんな陛下に殿下は微笑《ほほえ》んだ。手に何か鉱物を持っている。

「わかってるよ。兄上が欲しいものをあげる。もう誰も兄上をいじめたりしない」

殿下はそう言うとすばやく呪文を唱えた。

私が声を上げる間もなく、それは行われた。

あまりにも突然のことで、一瞬のことで、でも、確かにそれは目の前で行われた。

赤い鮮血があたりに飛び散る。

私の顔にも、その鮮血がかかる。

見慣れない光景に、うまく呼吸ができない。どうにか浅い呼吸を繰り返す。

今私の目の前には、血に濡れた剣を持つ殿下と、その下で地に伏している陛下がいた。

陛下の首はほとんど切られていて、パックリ開かれたその傷口から、たくさんの鮮血が吹き出した。

そして切られたのどから赤い泡が吹いている。

ヒュゴヒュゴと響く、かすかな呼吸音も。

何が起こったのか理解できてない、という具合に、最初こそぎょろぎょろと動いていた陛下の目玉は次第に曇り、とうとう全く動かなくなった。

黒い腐死精霊がこの時を待っていたとばかりに、陛下の周りにまとわりついた。

陛下は真っ黒に染まっていく。

私はそれを見て、ようやく理解した。

陛下は死んだのだ。

殿下に、殺された。

「……殿下、おっしゃっていただければ、私が手を下しましたものを」

カインさんの気遣わしげな声が聞こえた。

殿下はカインさんの言葉に何も答えず、陛下の返り血を浴びたその顔で、まっすぐ私を見た。

『ほら、君がリョウのためにできることがあるだろう？』

愉快そうに目を細めて笑うその顔が、私にそう語りかけてきていた。

第五十八章　革命編　ゲスリーとの交渉

階段を登ると、すぐ地上に出られた。

馬の駆ける音、人の声、金属をぶつけあう音、爆発音。

様々な音が飛び交っている。

激しい音のする方向を見れば、砂煙が上がる中、人が剣を持って何かに向かっていく背中が見える。恰好《かっこう》からして王国騎士だ。

そしてその向かい側、王国騎士と相対するように剣を持った男たちがいる。その男たちが背負う旗印は、タンポポ。

王国側と反乱軍側とで、戦っているのだとわかった。

彼らは一体何のために戦うのだろう。

こんな戦い、意味なんてないのに……。

そして右側の奥に目を向けると、円柱状の塔のように盛り上がった大地の上に派手な赤い絨毯《じゅうたん》を敷いた場所が見えた。優雅な屋根付きだ。

魔法で作ったのだろう。

肉眼ではわからないけれど、きっとあそこにテンション王やゲスリーがいるに違いない。

戦場を遠目に見ながら、私は赤い絨毯の広がる場所に向かうことにした。

変な気持ちだった。気持ちがふわふわしてる。現実感がない。

ただ前に進むしかなくて、歩く。

とぼとぼ歩いてくる小汚い恰好の女がいるというのに、王国軍側は私のことを気にも留めてない。

私があまりにも普通に歩いているので、魔法使いの小間使いか何かと思われているのかもしれないし、目の前に迫っている反乱軍しか目に入らないのかもしれない。

みんなそれぞれ、自分のことで手一杯といった感じで、険しい顔をしてる人もいれば、疲れ切った顔をしてる人もいる。

総じてみんな、不安そうではあった。

「宣戦布告されたはずの陛下が、今度は戦いはやめろとおっしゃってるらしい」

「今更止められるのか？」

「しかし、陛下の命令だ……」

途方に暮れたような顔をした兵士から、そんな話が聞こえてきた。

テンション王が、戦を止めようとしてる？

にわかには信じがたい話なんだけど……。

それが本当だとしたら、この場に不安そうな空気が漂ってる理由が十分すぎるほどわかるけど、テンション王の真意が掴《つか》めない。

テンション王は、既に薬に侵されて、ルーディルさんの言いなりだ。

でも、ルーディルさんの策で、国王に降伏を宣言させたのだろうか？

ルーディルさんは大きな犠牲が出てから戦いに終止符を打つつもり、のようなことを言っていた。ならば、まだまだ戦を引き延ばしたいはず……。

……どちらにしろ、私がテンション王に会わない限りは何もわからない。

もし本当にテンション王が戦争を止めたいと言っているのなら、話が早い。

私も同じ気持ちだもの。

そうしてズンズン前に進むとようやくテンション王がいるであろう塔のすぐ下にたどり着いた。

魔法で作られたであろうこの塔は、円柱といっていいぐらい急激に盛り上がっていて、下からだとてっぺんが何も見えない。

これに上るためには、と思って視線を巡らせると、土でできた階段が見えた。

円柱をぐるっと囲むように階段ができてる。

ただ、気になるのは、その階段のところに何故か見張りがいないこと。

階段を上がったところには見張りがいるかもしれないけど、王族がいる場所へと続く階段に見張り置かなくていいの？　入り放題じゃないか……。

……。

ねえ、もう一度言うけど、入り放題だよ？　というか、既に部外者である私ここまで来てるよ？

何の苦労もなくここまで来ちゃったよ？

……。

……もうね、我慢ならない。

アランの誘いを断って、自分を犠牲にすることも覚悟して、ここまでシリアスでやってきたわけだけど、これだけは言わせて。

王国側の皆さん、こういうところですよ!?

こういうところがあるから、城内に薬が蔓延《まんえん》してルーディルさんにまんまとしてやられるんですよ!?

王国軍側のあんまりな体制に、流石《さすが》の私も心中穏やかではいられない。

もうこれ、別に薬使わなくても、国滅ぼせたのでは……？

と、思わなくもないけれど、しかし忘れてはいけないのが、国王側にはゲス界のプリンスであり、チート界のキングであるゲスリーさんがいるということだ。

悔しい話だけど、どんなに頑張って知恵を絞ろうとも、天変地異を前にすれば敵わない。

この無防備な防犯体制も、魔法というファンタスティックな手段に絶対的な自信を持っているからこそなんだろう。

私は一度深呼吸してから、無防備な階段を上ってゆく。

階段を上るにつれて、誰かの叫び声というか、怒声？　喚《わめ》き散らしているような声が聞こえてきた。

この声、テンション王？　どうやら塔の上のテンション王のボルテージはマックスらしい。

そしてようやく階段を上り切ると、赤い絨毯《じゅうたん》を敷いた派手な場所が目に入る。

そしてこれまた大きくて金ぴかで派手な椅子にゆったり座っているゲスリーが見えた。

相変わらず何を考えてるのかわからないような表情で自分の髪を暇そうにいじってる。

側《そば》には、護衛騎士が一人。カイン様だ……。

カイン様が厳しい表情で、少し離れた場所に立っているテンション王を見ている。

そして……シャルちゃん。シャルちゃんもゲスリーの近くにいた。ゲスリーの隣で、まるで王妃のように、堂々と椅子に座っている。

そのシャルちゃんは、まっすぐボルテージマックスのテンション王を見ていた。

テンション王は唾をまき散らす勢いで何事か喚いていた。

よく見ると喚かれてるのは、ラジャラスさんだった。

彼は、テンション王に叱責されたことがないのか、荒ぶるテンション王を前に訝《いぶか》しげな表情をしてる。

その光景を少し意外に思いつつも、歩を進めると……。

「待て！」

とうとう騎士の一人に止められた。

流石《さすが》にここには、見張り的な騎士がたくさんいるようだ。

今までスムーズすぎるほどスムーズにここまで来たけれど、ようやく周りが私の存在に気づいたらしい。

何故だろう。気づかれて逆に安堵してる自分がいる。

だって、ここまでずっとスルーされてたから……。

「何者だ！　ここから先はお前のような子供がいていい場所ではない！」

そう思うならもっと前から見張りとかしといた方がいいよ!?

と見張りの騎士に思わずそう訴えそうになったのをグッと堪《こら》える。

私は別にここで防犯体制について議論しにきたわけじゃない。

私は目の前に立ち塞がった騎士を睨《にら》みつけた。

「陛下がお呼びと聞いたので、参りました」

「陛下が……？」

訝《いぶか》しげな表情で私を見る騎士。

どうやら、まだ私がヘンリー殿下の元婚約者のリョウだと気づいてないらしい。

けれど周りの騎士の一人がやっと気づいた。

「殿下の婚約者の……!?」

誰かわからないが、騎士の一人がそう声を出したことによって周りにいる人たちもザワザワと騒ぎ出す。

そしてその騒ぎは少し離れた場所にいたヘンリーやテンション王にも伝わった。

「どうした！　何の騒ぎだ！」

テンション王が、今まで聞いたことないような大声を出した。

その声に反応した、先ほど私を呼び留めた騎士が、ニヤッと笑う。

「そうか、お前が……」

と言ってその騎士が、私の腕を掴《つか》んだ。

「来い！　陛下の御前に行くのだ！」

トゲのある物言いで言うと、乱暴な扱いで私を引っ張り、そのまま引きずられるような形でテンション王の目の前に連れていかれた。

騎士は、乱暴に私を転げさすとそのまま頭を床に押さえつけてきた。

「私が、連れてまいりました！　此度の戦の元凶です!!」

手柄はもらった！　とばかりに高揚したような声で宣言した騎士。

「何故、お前がここに……」

ラジャラスさんの声が聞こえて、近くにいる彼と目が合った。彼も状況がよくわかってないようで、それだけ呟《つぶや》くと私の方を見て硬直してる。

それにしてもさ、さっきからこの騎士の人、ひどくない？　別に引きずらなくてもよくない!?

しかも自分捕まえました感出してるけど、私が自分でここまで来たんですが!?

というか、ちょっと痛い。床はふかふかな赤い絨毯《じゅうたん》だけど、勢いよく押さえつけられたから地味に痛い。

あの騎士の顔は覚えたので、後で靴の中に糞詰めてギャフンと言わせるけど、今はこんな小物の騎士に構ってられない。

私はこれからテンション王と交渉するのだから。

そう思ったところで、「無礼者!!」とテンション王の怒声が響き、バンと何かがぶたれた音がした。

私の頭を押さえていた騎士の手が離れる。

「へ、陛下、なぜ……」

さっきまでイケイケだったはずの騎士の呻《うめ》き声。

恐る恐る顔を上げると、左頬を真っ赤に腫《は》らした先ほどの騎士がいた。

え？　何？　何が起きたの？

と思って騎士を見たけれど、その騎士自身も何が起きたのかわからないというような顔をしていた。

そしてその騎士の戸惑う視線の先にはテンション王がいて、そのテンション王の手には鞘《さや》に収まった剣が握られている。

まさか、テンション王、あの騎士を鞘で叩いたの!?

私が靴の中に糞を詰めるよりも先に騎士にギャフンと言わせるなんて。

しかも、無礼者だとかなんとか言ったような……。

え、どういうこと……？　テンション王のテンションについていけない……。

戸惑うように私がテンション王を見ると、私と目が合ったテンション王は何故か目を潤ませた。

「リョウ様っ！　御無事で！」

と言って、テンション王は少女のような仕草で胸の前に両手重ねた。

まるで私に会えて感激してる乙女のような顔。

なんなの……一体。ちょっとどころじゃなくて結構気持ちが悪いのだが……？

何が起きてるのか理解できなくて、思わずテンション王をまじまじと見る。

するとテンション王は「いけない！」と言ってわざとらしく顔の表情を険しくしてから騎士の方を見やった。

「お前は、もういい。ここから降りろ！」

と怒鳴った。

状況が飲み込みきれてない騎士は、「は、はい！」と言って逃げ出すようにしてその場から離れたわけだけど。

いや、まって。テンション王マジでどうしたの一体……!?

逃げるように去っていく騎士を見送って、改めてテンション王を見上げる。

そしたら再びテンション王は乙女みたいに目を潤ませて私を見てくる。

そして、鈍い私はやっと気づいた。

もしかして、テンション王は……。

私は、ゲスリーの隣にいたシャルちゃんに視線を向けた。

彼女は微笑《ほほえ》んでいた。私を見て、少しだけ目を潤ませて、でもどこか影があるような笑顔。

「シャルちゃん……」

私が思わず名を呼ぶと、彼女は少し困ったように笑顔を曇らせてから立ち上がってこちらに近づいてきた。

「リョウ様、ご無事で何よりです」

シャルちゃんは、テンション王の隣に来るとそう言った。

今まで気づかなかったが、いつの間にか、テンション王が魂の抜けたような顔になっている。

「シャルちゃん……もしかして……」

「……お気づきになりましたか？　流石《さすが》リョウ様です。これはもう死んでます」

覇気《はき》のない顔で、椅子に座りながら体をゆらゆら揺らしてるテンション王の肩に手を置いて、シャルちゃんがそう言った。

ああ、やっぱりそうなんだ。

テンション王は、死んでる。そしてそれを、シャルちゃんが操ってる。

「シャ、シャルちゃん、私……！」

シャルちゃんに私の気持ちを伝えようとしたところで、足音がぐらっと揺れた。思わず私はたたらを踏む。

周りからも、突然の揺れに戸惑いの声があがった。

この揺れ、単なる地震なんてもんじゃない。動いてる。

足元の地面が動いている。周りを見れば、ラジャラスさんや比較的近くにいた騎士の足もとが崩れ、彼らは流されるようにして下に滑っていき、逆に私のいる地面は、ものすごい勢いでせり上がってきているのがわかった。

これはこのままここにいた方がいいのか、この場から離れた方がいいのか考えてはみたけれど、結局この揺れの中を動けそうにはなくて、目の前で変わっていく周りの地形に戸惑いながら耐えていく。

そしてある程度の高さまで上がった、と思ったところで、やっと揺れが止まった。

景色が、高い。

地面がずっと高くまで盛り上がったんだ。

あり得ない規模での地形変動。

こんな天変地異を起こすことができる人は、この場に一人しかいない。

私はそちらに顔を向ける。

「殿下、一体何を」

「邪魔だったから」

ゲスリーはそう言っていつもの胡散《うさん》臭い笑みを浮かべる。

改めて周りを見ると、このせり上がった地面にいるのは、ゲスリーとカイン様、テンション王と私とシャルちゃん、アンソニー先生の六人だった。

ラジャラスさんや王国騎士たちが邪魔だったから、塔から滑り落としたのだろう。

なんでこのタイミングで……。

ゲスリーの胡散《うさん》臭い顔を見ていたら、ふつふつと怒りが込み上げてきた。

「シャルちゃんに、あんなことをさせたのは、殿下ですよね？」

私がそう言って責め立てると、庇《かば》うようにシャルちゃんが前に出てきた。

「リョウ様違います。私が、望んだことです。私が決めたんです」

「シャルちゃん……」

「あれ、怒ってるの？　なんでそんな顔するのかわからないな。これは全部君にとって都合のいいことだったはずだ。そうだろう？」

揶揄《からか》うような口調で、ゲスリーがそう言った。

私は、なんて答えるべきか、わからなくなった。

確かに、そうだ。テンション王は薬でルーディルさんたちのいいなりだった。でも、もう違う。テンション王が死に、それをシャルちゃんが操ってる。そうなった今、戦争を止める方法はいくらでもある。

でも、そのために……シャルちゃんが辛い思いをするのは、絶対に違う。そんなの、私は、喜べない。

「シャルちゃん！」

私は名を呼んで一歩踏み出した。

彼女が逃げてしまわないように、素早く手首を掴《つか》む。

「あ……！　だめです！　いけません、リョウ様！　離してください！　私なんかに触っちゃダメです！」

そう言ってシャルちゃんが、私の手を振り解こうと、腕を振るう。

「なんでシャルちゃんに触っちゃダメなんですか⁉」

「私が穢《けが》れているからです！　汚らわしい魔法を使う、腐死精霊使いなんかと一緒にいたら、リョウ様が汚れてしまう！」

「シャルちゃんは穢れてなんてない！　それに私はそんなことで汚れないし、というか、私はシャルちゃんが思ってるほど綺麗な人間じゃないです！」

シャルちゃんは、いつも私のことを信じてくれてたし、私のことすごいって言ってくれて、シャルちゃんにそう言われると、私も嬉《うれ》しくなって、もっと頑張れるような気がした。元気をもらっていた。

でも、シャルちゃんが思い描く私は、現実の私と違って綺麗すぎる……！

「いいえ、いいえ！　リョウ様は、綺麗です！　でも私は、汚い。この魔法の醜悪さは私が一番わかってます！　私は、存在自体が汚らわしい魔法使いなんです！　リョウ様の側《そば》にいるのには、相応《ふさわ》しくないんです！　お願いですリョウ様、離してください！」

「シャルちゃんが私のためを思って、腐死精霊魔法を使ってくれたのはわかってます！　私は、シャルちゃんのこと、これっぽちも汚いなんて思ってない！」

むしろ最近身体を洗っていない私の方が物理的に汚いまである！

「いいえ！　私は、リョウ様のお側《そば》にいるのに、相応《ふさわ》しくない！」

そう言って、強情なシャルちゃんが手を振り解こうとする。

私はもう堪《たま》らなくて、シャルちゃんの手首を引っ張って自分に引き寄せるとそのまま抱きしめた。

「私は……！　シャルちゃんが腐死精霊魔法を使ったたって！　全然嫌いになんてならない！　ただ、私は……シャルちゃんが辛い思いするのが嫌なんです……！　前みたいに手を繋いだり、一緒に過ごせなくなるのは、嫌なんです！　シャルちゃんは嫌じゃないんですか……!?」

私がほとんど泣きながらそう言うと、シャルちゃんの動きが止まった。

私はダメ押しとばかりに言葉を重ねる。

「お願いシャルちゃん、シャルちゃんの気持ちを教えて。もう、私のこと、嫌いなの？　一緒にいたくないと思うほどに？」

「そんなこと……！　そんなことあるわけないじゃないですか！」

「なら、答えて！　このまま手を繋ぐこともできない関係のままで、シャルちゃんは嫌じ

ゃないんですか⁉」

「……そんなの、私だって、嫌に決まってます」

絞り出したような声は小さい。でも、確かにシャルちゃんの声だった。

でも、シャルちゃんは顔を上げて辛そうに眉をひそめた。

「で、でも、私、屍《しかばね》を操ってるんですよ。アンソニー先生だって……私が動かしてるだけなんです。本当の先生は、もう、死んでいて……」

シャルちゃんが、ポロポロ涙を流してそう言った。私はチラリとシャルちゃんの後ろに控えるアンソニー先生を見る。

空な目で、私たちを見ていた。

ああ、やはり、先生はもう死んでるんだ。

「アンソニー先生のことは、もちろん悲しい……悲しいけど……でも、それとシャルちゃんのこととは別です」

「そんなことないです！　アンソニー先生に悪いことを、してる……悪いことだとわかっているのに、私……。アンソニー先生は、私を庇《かば》って、死んでしまったんです。それなのに、私は……」

シャルちゃんはそこまで言うと口をつぐんだ。

アンソニー先生がこうなってしまったのはいつだろうか。少しおかしいなと思ったのは、グエンナーシスへ向かう道中で魔物に襲われた時……。

あの時、アンソニー先生は亡くなってたのだろうか。となると、それからずっとシャルちゃんは、辛い思いを抱えてきたことになる。

「アンソニー先生が死んだと、私が知ったら悲しむと思って、腐死精霊魔法を使ったんですね？」

私がそう問いかけると、シャルちゃんは戸惑うように目を見開いて私を見た。

そうだと答えてはいないけれど、その目を見ればすぐにわかる。

シャルちゃんが、こんな辛い思いをしたのは、悪いことをしたとわかっていながら、アンソニー先生に魔法をかけたのは、私のためだ。

私が、悲しまないために。

……シャルちゃんは優しすぎる。

優しすぎるんだ。

「ねえ、シャルちゃん。シャルちゃんは私のこと、すごく、なんだか崇高な人だと思ってるところがあるけれど、全然、そんなんじゃない。俗物的で、欲深くて、傲慢で、怠惰で、見栄っ張りで……そしてすごく臆病で弱い」

そんな私のために、シャルちゃんはそこまで辛い思いをしなくてもいいと伝えたくてそう言うと、シャルちゃんは首を横に振った。

「違います！　リョウ様は、そんな方じゃ！」

「ううん。そうなんです。私は、シャルちゃんが思ってるような完璧な人じゃない。私がシャルちゃんと同じ立場だったら、私も同じように力を使った。屍《しかばね》を操って、今の状況を無理やり変えようとした」

「リョウ様は、しません！　だって、私と違って、強くて……！　私みたいに、こんな汚らわしい力なんかに頼ったりしない…」

「強くなんてない。目の前に全てを変えることができる力がぶら下がっていたら、それが悪いものだとわかっていても、私は誘惑に抗えない」

実際に、私は隷属魔法を使おうとした。

たまたま呪文がわからなかったから、不発に終わっただけで。

「悪い力に頼ろうとすることが穢《けが》れたことになるなら、私ももう穢れてます。だから、シャルちゃんと一緒。それなら一緒にいても、手を繋いでも、平気です。だって、どうせもう二人とも汚れてるんだから」

私が笑ってそう言うと、シャルちゃんが、ぽかんとした顔で私を見る。

そして、くしゃりと泣き笑うような表情を浮かべた。大粒の涙がこぼれる。

「……リョウ様は、汚れてなんかない、です」

シャルちゃんはそう言って、私の胸に顔をうずめた。

「じゃあ、シャルちゃんも汚れてないです」

私が汚れてないとかまだ言うか、と思いつつそう返す。

けれどもさっきみたいに私のことを拒絶したりしないので、ホッとした。

私はシャルちゃんの背中に手を回す。

シャルちゃんの細い体が震えてた。

シャルちゃんの後ろにいるアンソニー先生を見る。感情のなさそうな顔でこちらを見ていた。先生のことは、後でちゃんと弔《とむら》おう……。

と思ったところで、少しだけアンソニー先生の表情が和らいだ。

「シャルロット様が落ち着かれたようで、よかったです」

死んだはずのアンソニー先生から呟《つぶや》かれたそれが、思ったよりも温かくて困惑した。

もしかして、少しだけ自我のようなものがあるのだろうか。

だとすれば、弔うというのも、そう簡単にはいかなくなるかもしれない……。

いや、今はそのことを考えてる場合じゃない。

私は慌てて視線を横に移すと、虚《うつ》ろな目をした人を見た。

テンション王だ。

アンソニー先生は微動だにせずしっかりと地面に足をつけて立ってるけれど、テンション王は、何故かゆらゆら揺れている。

私がルーディルさんに囚《とら》われる前に見たテンション王もあまりにも哀れな姿ではあったけれど、今のテンション王はそれとは違う雰囲気で、でも、ものすごくくたびれている。

大きく揺れる首元に、赤い切り傷のようなものが見えた。

テンション王は、首を切られて殺されたのだろう。

シャルちゃんに操らせるために。

「殿下、何故こんなことしたんですか？」

私は、泣いてるシャルちゃんを抱きしめながら、まっすぐゲスリーを睨《にら》み据える。

シャルちゃんは人を殺したりはできない人だ。実際アンソニー先生のことも、殺して操ったわけじゃないようだった。

だとすれば、テンション王がシャルちゃんに操られているのは、誰かが殺したということ。

そしてそんなことを平気でする奴なんて、ゲスリーしかいない。

私が睨みつけながら言うと、彼は、肩を竦《すく》めた。

「こんなことって？」

「陛下を殺して、シャルちゃんに操らせたことです！」

とぼけたって無駄だぞとばかりに眼力を込めてみたけれど、彼は全然悪びれることもなく笑みを浮かべた。

「それが君のためになると思ったからさ。そうだろう？　君の目的は、この戦争を止めることだ。穏便にね。そのためには、これを操るのが一番早い」

「……！　それは、そうですけど、でも、なんで、殿下がそんなことを……？　大体、王は殿下の異母兄ですよ⁉　異母兄を自分で殺したということですか⁉」

「殺した？　まあ、確かに首をはねたのは私だが、でも兄上は、すでに死んでるようなものだった。だから正しく死なせてあげたんだ」

「すでに死んでるようなものって……」

薬のこと……？

やっぱり、ゲスリーは、テンション王が薬に侵されていることを知ってたのか……。

「リョウ様、どうか殿下をあまり責めないでください。殿下は、殿下なりに、リョウ様のことを思っているのです」

私の胸の中で泣いていたシャルちゃんが顔を上げてそう言った。

「いいことを言うね、シャルロット嬢。流石《さすが》は、隷属魔法をかけられた仲間同士だ。これからも仲良くやっていこうじゃないか」

飄々《ひょうひょう》とした言葉に、私はハッとしてゲスリーを見やる。

何言ってんの⁉

「私は隷属魔法を使ってません！」

しかし私の言葉なんて信用に値しないとばかりにゲスリーは鼻で笑った。

相変わらず、腹が立つ。

「それにしても、君は本当に抜け目がないね」

唐突にゲスリーがそんなことを言うので、私は眉根を寄せた。

この人と会話が成立する未来が見える気がしない。

「突然、なんの話ですか？」

「私は生きていれば君の魔法で操られ、死んでもシャルロット嬢の魔法で操られる。そして彼女は君の虜《とりこ》だ。どうあがいても、君からは逃れられない。いやあ、考えるだけでぞっとする」

ゾッとしたとか言って相変わらず読めない笑顔を私に向けてくる。

ゾッとしてるのは私の方だ。

彼の考えてることは、未だに読めない。

ゲスリーとは数日間だけ旅をした。

記憶を失った殿下。

あの時、本当に記憶を失っていたのか、それとも失ったフリをしていただけなのか。

それさえもわからない。

救いを求めてカイン様を見てみた。さっきからずっと黙って事の成り行きを静観してるカイン様。王があんな姿になっても、私がここに来ても、平然とした顔をしてる。

カイン様……。

カイン様はこの状況をどう思っているの？

「さて、さっさと君の望みを叶えよう。確か、戦争を止めたい、だったか」

ヘンリーが、まるで世間話するみたいなノリで話題を変えると、ゆっくりとした動きで歩き出し、人々が争っている戦場を見下ろせるところで立ち止まった。

そして顔だけこちらを振り返る。

「リョウもこっちに来てくれ。カイン、シャルロット嬢を頼めるかな？」

ゲスリーがそう言うと、先ほどまで無言でゲスリーの側に控えていたカイン様がこちらに来た。

「乱暴にはしたくない」

カイン様は、一瞥《いちべつ》たりとも私のことを見ずにシャルちゃんにそう言うと、手を差し出した。

それってつまりシャルちゃんが拒否したら無理やり私とシャルちゃんを離れさせるということだろうか。

私が戸惑っていると、シャルちゃんがそっとカイン様の手に自分の手を重ねた。

私にもたれかかるようにしていたシャルちゃんのぬくもりが離れる。

「リョウ様、私のことは大丈夫ですから。リョウ様は殿下のところへ」

少し落ち着いたらしいシャルちゃんが、カイン様の手を取りながらそう言った。

「シャルちゃん……」

殿下と話し合う必要があるのは私もわかってる。

別に殿下はシャルちゃんを傷つけるつもりはないだろうし、それに、カイン様がシャルちゃんを害すことはない。

「カイン様、シャルちゃんをよろしくお願いします」

私がカイン様にそう言うと、カイン様とやっと目が合った。

一瞬戸惑うようにカイン様の瞳が揺れた気がした。

そして苦笑したような微《かす》かな笑みを浮かべる。

「ごめんね、リョウ。それと、殿下のこと、頼むよ」

カイン様が、私に顔を寄せてそう言った。

その声色が、懐かしいフォロリストの声色で……。

さっきまでずっと、カイン様が何を考えているのか、わからなくて不安だった。

私やアランを裏切ったような形で別れたから余計に。

でも、やっぱり、変わらない。

優しい人だ。そう思えた。

変わってしまったように感じたのは、きっと今のカイン様が支えたいと思っている人が、ゲスリーだからだ。

今までカイン様は、アランや私、家族に満遍なくその優しさを分けてくれていた。

でも、カイン様は王族に仕える騎士として、ゲスリーに忠誠を誓うことを決めたんだ。

だから、その優しさも配慮もゲスリーに捧げている。

ただ、それだけのことだった。

私は頷《うなず》いた。正直どれほどの力になれるかわからないけれど。

私は、シャルちゃんをカイン様に預けて歩き出すと、ゲスリーの隣に立つ。

そして彼と一緒に、崖下の戦争の様子を見下ろした。

高いところだから、今の状況がよく見える。

あきらかに王国側が押されている。

士気の高い反乱軍の勢いと比べると、王国軍は逃げ腰だ。

それにしても、王国軍は魔法使いを戦争に出していないように見える。

どこを見渡しても、魔法使いらしい姿が見当たらない。

「シャルロット嬢が、兄に戦争をやめろと言わせたからね。魔法騎士団は動いてない」

なるほど。先ほどそういう噂を聞いた。その噂を聞いたときは半信半疑だったけど、今なら素直に信じられる。

「まあ、とはいえ、私が呪文を唱えれば、すぐに決着はつくだろうけどね。王国軍の勝利で」

余裕の笑みでゲスリーはそう続ける。

虚勢でもはったりでもなく、本当にそう思ってる口調だ。

そしてそれは事実。ゲスリーが魔法を使えば、戦況は大きく一変する……。

だけどそれは私が望む戦争の終結とは程遠い。

「……和平交渉がしたいです」

そう口にした言葉に力が入らない。

ここに来るまでは生物魔法の秘密を使って有利に進められる可能性はあると思っていた。

けれど、もう今は、想定外のことが起こりすぎてどうすればいいかわからない。

まず交渉相手がゲスリーってだけで先が読めない。

なにせ、ゲスリーの目的や持ってる手札が全然わからないのだから。

「和平、交渉……？　はは、私と君が対等に交渉を行える立場だと思っているのかい？

それともわかってて言っているのかな」

何かのツボに入ったらしくゲスリーが笑い出す。

もう、わかってるよ！　対等に交渉なんてできる立場じゃないことぐらい！

「思ってますよ！　私は和平交渉をしに来ました。私が求めるのは、早急な戦争の終結、そして一部領地の自治権です！」

私が鼻息荒くそう宣言するとゲスリーがピタリと笑うのを止めて、鳩が豆鉄砲食らったみたいな顔をして私を見る。

そこまで驚かなくても……。

そんなに突拍子もないことを言ってるつもりはない。

「本当に、君の考えることはよくわからないな」

いや、それは私のセリフなんだけど。

ゲスリーはやれやれといった感じで首を横に振ると、さらに口を開いた。

「交渉ごっこがしたいのか？　まあいい。……それならそれで、私としても助かるが」

とゲスリーがよくわからないことをぶつくさ言った後に、突然呪文を唱えた。

「え、呪文……!?」

ゲスリーが口ずさむ呪文は早すぎて、呪文とわかった時にはすでに唱え終わってる。

くそ、と内心私が毒づくと、地面が大きく揺れた。

ゴゴゴ、ゴゴゴゴという地響きに、戦いの最中の戦士たちも、おかしいことに気づいたらしい。

動きを止める者たちが出始めた。

そして私は信じられないものを見た。

戦いが行われている場所の地面に、大きな亀裂が走ったのだ。

戦士たちの戦いは完全に止まった。

それもそのはずだ。地面が割れ始めたのだから、戦いどころではない。

それぞれが自分の身を守るために亀裂から距離を取ろうと、動く地面の上で逃げ惑う人々の姿が見える。これは……。

以前にも見た。

大地を割るというあり得ないことを成し遂げるゲスリーの魔法だ。

しかも前見た時よりも巨大な亀裂。

この地だけじゃなく、亀裂はずっと見えないところまで続いている。

この大陸を全て横断したのではないかと思わせるほどで……。

ふうと一息つくようなため息が聞こえると「流石《さすが》に、少し疲れたな……」と片手で両眼を押さえて頭をもたげさせるゲスリーがそう言った。

そんなゲスリーを気遣う余裕もなければ義理もないと、私は割れた大地とそこで呆然《ぼうぜん》とする人々を見る。

一見したところ、割れ目に落ちた人はいなそうだが……。

「殿下、これって……」

「見てわからないか？　大地を割った」

「それは！　見ればわかります！　何故こんなことをしたのかと聞いているんです！」

「和平交渉がしたいと言ったのは君の方だ。戦争の終結と自治権が欲しいと言ったのもね。だから国を割った。ちょうどルビーフォルン領とレインフォレスト領の境目を割ったはずだ。君にこの亀裂の先の国をあげよう。好きにすれば良い」

なんてことないような口調でさらっとゲスリーはそう言うと、目が疲れたのか眉間のあたりを指で揉みこんでいる。

いや、いやいやいやいやいやいや。

この亀裂の先の国をあげる？

何を、言ってるのだろう、この人。

「この亀裂の先を私に？　何を言ってるのかわかってるのですか？　つまり、この先にあるルビーフォルン領と、グエンナーシス領の独立を許すということです、よね？」

それって、私が求める解決方法の中でもっとも理想的なものではあるけれども。

この戦争を終わらせたとしても、引き続き王家が主導権を握る形となれば親分たちは止まらないし、ルビーフォルンやグエンナーシス領民たちの国に対する不信感が消え去ることはない。

だから、独立ができたらそれに越したことはない。

しかもゲスリーが綺麗に大地を割ってくれたことで、国の境が明確だ。地続きの国同士だと、接触が多くなって小競り合いが起きやすいけれど、亀裂があるからその心配も多少は軽減するはず。

「そうとも。君がそうしたいならそうすればいい。だが、交渉がしたいと言った君の言葉に嘘がないなら、一つだけ条件を付けたい」

「じょ、条件？」

出た！　後だし条件！

やっぱり、そう簡単にうまくいくわけがないか。

一体どんな条件を……やはり、生物魔法を使える私の、死……？

「私にかけた隷属魔法を解いて欲しい」

……は？

何言ってるのだろう。このゲスリーさん。隷属魔法は使ってないってさっき言ったよね。

私が戸惑ってると、ヘンリーは話を続ける。

「君と距離をとれば、魔法が解けるかもしれないとも思って、あの時、君の元を離れたが、結局魔法は解けなかった。魔法を解くには、君が解いてくれる以外ないらしい」

ゲスリーの説明に、眉根を寄せる。

あの時、記憶を失っていたと思ってたゲスリーが突然、魔法を使ってカイン様とシャルちゃんと一緒に離れたのは、そういう理由だったのか。

でも、そんなことしても隷属魔法が解けるわけない。

だって、もともと魔法なんて掛けてないんだから。

「いや、だから何度でも言いますけれど、私は隷属魔法なんて使えません。使ったこともありません」

使おうとしたことはあったけど、使えなかったんだから。

ヘンリーに最初言われた時は、もしかして使ってた？　とも思った。でも、今ならはっきりわかる。私はそんな魔法は使ってない。

第一、そんなことができたのだとしたら、多分こんな面倒な事態にもなってない。

申し訳なく思いながらも、タゴサクあたりにはバンバン使ってしまっている自信がある。

「君はひどい人だな」

そう言ってヘンリーは、私を鼻で笑った。

いや、鼻で笑われても、してないものはしてない。

「でも事実です。私は隷属魔法の呪文を知らない」

「なるほどね……。君は知らないふりを貫くつもりらしい」

「ですから、知らないふりも何も、知らないんです」

「どんなに嘯《うそぶ》こうと、君は確かにその魔法を私にかけたに違いないんだ」

そう言って彼は私を見て、目をすがめる。

何か眩《まぶ》しいものを見るような目で。

なんで、そんな顔を……？

「この前も言っただろう？　私の世界は白黒の世界だ」

ヘンリーがそう言って、私は彼がそう言った時のことを思い出した。

ヘンリーがまだ記憶を失っていると思っていて、私は集まっていた魔物たちがシャルちゃんの力によるものだということに気づいてショックを受けていた時だ。

『あそこにいるのは、黒。向こうにいるのは、白。カインは黒で、アランは白。リョウは、私に黒いものを指して、黒じゃないという。白いものを指して白じゃないという。でも、私の目には、そうにしか見えない。黒か白か、どちらかにしか見えない』

ゲスリーは、非魔法使いと魔法使いを指しながら、そう言った。

彼には、人が黒か白か、どちらかにしか見えないのだと。

だけど、一体、その時の話を何故今？

「殿下、一体、何を……？」

私がそう尋ねると、ゲスリーがこちらに一歩近づいた。

「君が黒いものをさして白だと言えば、白かもしれないと言ってしまいたくなる。君が求めるのなら、白いものにしか見えなくても、黒も混じってると言いたくなる。君がそれで喜ぶのなら、私の目に移るものすべてを偽ってしまいたくなる」

そう言いながら、さらにヘンリーは私に近づく。

「君の望む通りに見えるふりをしたくなる」

そう言って、目と鼻の先にまで来たヘンリーは私の頬に手を添えた。

「それは、君が私に魔法をかけたからだ。……私の白黒の世界で、君だけが色づいて見えるのだから」

彼の真剣な眼差しは確かに私を見ていた。

思わず、息が詰まった。

なんて答えればいいのか、どう答えればいいのか、わからない。

もしかして、ゲスリーは……。

「睦《むつ》み合うのはまた後にしてくれねぇかな、殿下」

突然、ドスの利いた、いかにも悪人な響きの声が割って入ってきた。

この声は……!?

振り返ると、いつもの懐かしいスキンヘッド……。

「アレク親分、どうしてここに……!?」

見間違うはずがない、毛皮のベストを羽織ったいかにもな山賊スタイルの親分が、立っていた。

エピローグ　差し伸べられた選択肢

「ラジャラスが血相変えて呼ぶもんでな。来てみたんだが、ここまで登るのはなかなか大変だったぜ」

突如現れた親分がそう言った。

肩をほぐすように右腕を回しながらにやりと笑う。

どうやら、ここまで素手で登ってきたらしい。

よく見ると親分の腰のあたりに縄がある。

命綱かと一瞬思ったが、その縄の先から、遅れてルーディルさんが壁を登ってきた。

登ったというよりも、おそらく登ってゆく親分に半分縄で引っ張られながらここまで来たのだろう。

「ルーディルさんまで……」

ルーディルさんは体育会系ではないので、ハアハア息を荒らげながらも、私を見て眉間に皺《しわ》を寄せた。

「リョウ……」

ルーディルさんは何とも言えない顔で、私の名を呼んだ。

ルーディルさんには思うところがないわけじゃない。

私を捕らえて、薬漬けにして操ろうとしてたのだから。

でも、憎いかと言われたら、それは違うような気がする。

何とも複雑な気持ちだ……。

そのルーディルさんが私から視線を逸《そ》らして、今度は辺りを見渡す。

そしてある一点を見て目を見開いた。

「おい、ハインリヒは一体どうしたんだ⁉」

今のテンション王は立ってはいるものの体を左右にゆらゆら揺らしていて、目は開いてはいるが、正気ではない様子は誰から見ても明らかだ。

「……死んでるのか？」

親分もテンション王を見て眉根を寄せた。

「ああ、首をはねてあげた」

ヘンリーが何でもないようにそう言うと、その胡散《うさん》臭い笑みを親分に向ける。

「いや、生きてる！　だが、様子がおかしい！　くそ！　しっかりしろ！」

テンション王のところに駆け寄ったルーディルさんがそう言ってテンション王の胸ぐらを掴《つか》んで揺すった。

すると――。

ぼとり。

「ひっ……！」

先ほどまですごい剣幕だったルーディルさんは短く悲鳴を上げると距離を置いた。

テンション王の首が落ちたのだ。

首なしの状態でふらふらと体を揺らしながらも立つ、テンション王。

「……魔法か？」

それを見ていた親分が、心底嫌そうな顔をして、ヘンリーを見た。

ヘンリーは親分に睨《にら》まれても大して気にならないようで、笑顔で肩を竦《すく》めてみせる。

「私の魔法ではないけどね」

「相変わらず魔法ってもんは気味がわりいことをする。……首をはねたのはお前か？」

「首をはねたのは確かに私だが、兄はすでに死んでいた。お前たちがやったのだろう？　生きる屍《しかばね》のようだったよ」

彼の言葉に親分は思うことがあったようで、気まずそうな顔をした。

もしかしたら、親分はルーディルさんが薬で王を意のままに操ろうとしていたことは知っていたのかもしれない。反対か賛成かはともかくとしても。

そして、どちらにしろ、ルーディルさんの作戦は潰《つい》えた。

テンション王の死は、彼の計略を全て無にするには十分のはず。

私が親分の方に歩み寄ると、ぎろりと親分が見下ろしてきた。

相変わらず、こわい。恐い顔だ。

でも、私はもう引かない。

「親分、もう、手を引いて欲しい」

「引く？」

「親分たちが復讐をしたかった人は、もういない」

そう言って私はテンション王を見た。

テンション王は、まるで自分の首を探すようにゆらゆら揺れながら小さい円を描くようにぐるぐると歩き回っている。

シャルちゃんが操ってそうしてるわけではなさそうだった。おそらく、シャルちゃんの魔法で操られてる屍には、わずかながらにも自我がある。

そんなテンション王のホラーで憐れな様子を、ルーディルさんは呆然《ぼうぜん》としたような顔で見つめている。

死人が動いていること、しかもそれが復讐相手であること。それにこれからも使い道があったのにあっさり失われたこと。

突然のことに気が動転しているのかもしれない。

彼の中では、もっと苦しめる方法で王を死なせることを思い描いていたのかもしれないけれど、もう十分だろう。

「確かに、復讐という目的もあった。だが、俺がしたかったのはそれだけじゃねぇ」

親分がそう言ったので、私は頷《うなず》いた。

「わかってます。国を変えたかった、ですよね？　魔法使いが非魔法使いを非人道的に扱わないように。そして何より魔法に依存して何もしない非魔法使いの人たちの心を変えたかった」

「……そうだ。この国は間違ってる。魔法が使えない奴らを下等なものだと思い込んでる魔法使いのやつら。そして、魔法使いに依存して、自分じゃ何もしようとしない非魔法使いの奴ら。どちらも等しく愚かだ」

「そうですね……。でも、親分たちのやり方は間違ってる」

「誰が見ても正しいやり方が、最善ってわけじゃねえ。間違っていたとしても、そうしないと何も変わらねえというなら、俺はやる」

「けど、親分たちのやり方、成功しそうですか？」

少々挑戦的に言うと、親分は眉間に皺《しわ》を寄せて口を噤《つぐ》んだ。

痛いところをつかれた。そんな顔。

だって、実際、親分たちの作戦は破綻《はたん》してる。

切り札だったであろうテンション王はあの有様で、王国側には天変地異を起こせる魔法使いがいる。

親分たちに、もう勝ち目はないのだ。

「親分たちが引いてくれるのなら、私から提案があります。実は、殿下がルビーフォルン領とグエンナーシス領の独立を許してくれるそうなんです。なのでそれの自治を親分たちに任せたいと思ってます」

「……はあ？」

「ですから、親分の理想は、独立したその新しい国で頑張ってみてはいかがかと」

「何言ってんだ。独立？　そんなこと……そんなの信じられるわけがねえ。この戦争だって、俺たちに勝ち目がねえってのは、お前がさっき言ったことだろ」

「都合が良すぎると思うでしょうけど、戦争に勝たなくても良さそうな状況になりまして……。いや、私もちょっと半信半疑なところはあるんですが……」

と言いながら、ちらりとヘンリーを見る。彼は私と目が合うと胡散《うさん》臭い笑みをより深めた。

……ゲスリーは、私が隷属魔法をかけたと思い込んでいる。

だから、私が望む通りにしようとしてる。

隷属魔法なんて、かかってないのに。

私は改めて親分に向き合った。

「でも、親分、ここからの景色を見たら信じる気になりますよ」

私はそう言って、訝《いぶか》しげな顔の親分に私が今いる場所まで来るように手招きすると、その場所を譲った。

ここからなら、先ほどゲスリーが割った大地がよく見える。

「これは……さっきの揺れは、この亀裂のせいか」

圧倒されたように親分がそう言った。ここまで登ってくる間に大地が割れたため、何が起こっていたのか知らなかったのだろう。

「そうです。この亀裂はちょうど、レインフォレスト領とルビーフォルン領の境で割れてるそうです」

私が説明している間も驚愕の顔で親分は亀裂を見続ける。

「ヘンリー殿下が、ご丁寧に大地を割ってくれたんですよ。そして割れた先の地については委ねると」

私がそう説明を足すと、親分はヘンリーを見た。

「この割れ目の先を、委ねる？　本当か？」

親分がそう言うと、ヘンリーは胡散《うさん》臭い笑みを絶やさず頷《うなず》いた。

「ああ、先ほどそう彼女に言った」

「騙《だま》されるなアレク！　何か裏がある！」

先ほどまで放心状態だったルーディルさんがそう叫んだ。

ルーディルさんの言葉に、親分も険しい顔でヘンリーを睨《にら》みつける。

「確かに、裏があるとしか思えねぇな。俺たちをはめるための小細工か……。いや、こんな天変地異を起こせる奴がわざわざ小細工を使う意味もわからねえな。大地に亀裂なんか生み出せるんなら、反乱軍のいる場所を全部沈めることもできたはずだ。そうすれば、この戦争なんて一瞬で終わってる」

親分の言う通りだ。

ゲスリーが動けば、この戦争なんてすぐに終わっただろう。王国側の勝利という形で。

親分が、疑わしげにヘンリーを見るが、彼は何も答えず胡散臭い笑みを浮かべるのみ。

そのうち親分はいらだったように口を開けた。

「お前のやりてぇことがよくわからねぇな。なんで、魔法で反乱軍を沈めなかった？」

「確かにできるが、しかし、何故わざわざそんなことをする必要がある？」

「はあ？　何故って、勝てる戦を投げて、大地を割って……こんな面倒な事をする、意味がわからねえ」

「私は別に面倒などとは思っていないし、先ほどから君たちが話していることにはそれほど興味がない。戦争をしようがしまいが、私はどうでもいい」

思ってもみなかったことを言われたのか、親分が目を見開いた。

珍しく親分が戸惑ってる。

「じゃあ、お前は、一体……何がしたいんだ」

「……私は彼女に縛られてるんだ」

彼はそう言って、私を見た。

親分も驚いた様子で私を見た。

親分の顔が言っている。

こいつ、頭大丈夫か？　と。

私は思わず視線を逸《そ》らした。

果たして、王族に頭大丈夫な奴がいただろうか……。

私と親分の無言のやりとりに全く気づいていない様子のゲスリーがさらに口を開いた。

「私はただ、彼女から解放されたいだけ」

再び意味不明なことを言われて戸惑う親分だったが、しばらく思案げにゲスリーを睨《にら》み、そして口を開いた。

「相変わらず王族ってのは変な奴が多いな。何を言ってるかさっぱりわからねぇが、つまり……要はお前が、国のことなんかどうでもいいぐらいにリョウに惚《ほ》れてるってことか？」

訝《いぶか》しげに尋ねる親分の言葉に、今度はゲスリーが目を見開いた。

瞳を揺らし、微動だにしないゲスリー。

彼が珍しく動揺しているのがわかる。

わかるけど、ここで、動揺するってことはつまり……。

少し前、記憶を失っていた時のヘンリーの言葉が蘇る。

『リョウの側《そば》にいるとドキドキする。きっと僕はリョウのことが好きなんだ』

少しだけ気恥ずかしそうに、柔らかい笑みを浮かべたゲスリーがそう言った。

あの時のゲスリーは確かに記憶を失っていたのかもしれない。

そして、記憶を失っていた時の言葉が、彼の本当の気持ちだったとしたら……。

「惚れる……？　いや、違う。私は魔法にかかってるだけだ」

彼はそう言ったが、その声は自信がなさそうに少し掠《かす》れていた。

私も戸惑いを抑えながら、努めて平静な顔をして親分を見た。

「……ということらしいです。私は魔法なんてかけてませんが……実際殿下は大地まで割ってくれたので、彼の言うことに嘘はないかと」

親分は私の言葉に、再び思案げな顔を浮かべる。

「魔法使い至上主義の奴らが集まる国とは、別の国を作る……。今の俺たちからしたら悪くない話だ。だが、お前は本当にそれでいいのか？」

親分が小さくそう呟《つぶや》くとゲスリーを見た。

少し動揺していたゲスリーは、親分と目が合うと不機嫌そうな顔をする。

これもまた珍しい表情だとまじまじと見ていると、ふとゲスリーが私の方を見た。

目が合うと、彼はいいことを思いついたとばかりにニヤッと口角を上げた。

「別に大地を割った先の国については好きにして構わないが、そうだな。そういえば、リョウは交渉したいという話だった。本当は魔法を解いてもらいたいが、それはムリらしいから、別の条件をつけてみようか」

何かいたずらを思いついた子供みたいな表情で、そんなことを言う。

「ちっ、やっぱり、何かあるんじゃねぇか」

親分が、忌々《いまいま》しそうにそう呟く。

私も、嫌な予感がして思わず眉根を寄せた。

だって、ゲスリーがまっすぐ私のことを見てる。

「割った先の地での統治は、この男に任せる。でも、君は私とともに帰る。それが条件だ」

「帰るって……どこに……」

「もちろん王都に、そして城に」

「……誤解があったとはいえ、今の私は国の反逆者みたいな立ち位置ですよ？　魔女とか言われて……。そんな私が殿下とともに王都に帰って、どうするって言うんですか？」

「どうすると言われても……そうだな。確か、グエンナーシス領の問題が片付いたら正式に婚姻を結ぶ予定だっただろう？　だから、その通りにしよう」

まるで明日の夕食はハンバーグにしない？　ぐらいのノリで結婚の話を出してきたんだが。

「本気で言っているんですか？　私が殿下の婚約者だったのは、国にとって利用価値があったからです。でも、一度国を裏切ったと思われている私に、もう利用価値はほとんどないのでは？」

「私は別に、国にとって価値があるから君の婚約者になったわけじゃない」

「……では、なんで私との婚約を許したんですか？」

正直なところ、ヘンリーの身分だったら国が決めた婚約とはいっても突っぱねることができたはずだ。

でもゲスリーは突っぱねなかった。

私の婚約者に甘んじた。

「それは君が私に魔法をかけたからだろう？」

肩を竦《すく》めて、同じ話を何度させる気だ？　みたいな呆《あき》れ顔でそうのたまうゲスリー。

いや。だから魔法かけてないって何度も言ってるんですが!?

……しかし、このままゲスリーの提案を飲んだら、全てうまくいく。

この提案を飲んだら、戦争は平和的に終わり、新しい国ができる。

大変なこともあるだろうけれど、今までみたいに内乱に怯《おび》えなくても済む。

だが、提案を飲んだら、私はゲスリーの配偶者になる。

ゲスリーの婚約者になる時、ゲスリーと婚約なんてどんなゲスイことをされるのかと心配に思ったものだけれど……今ならわかる。

ゲスリーは私を粗雑には扱わない気がする。

少なくとも彼が、魔法にかかっていると思い込んでいる間は。

しかも現国王のテンション王があんなことになったので、ゲスリーはすぐに王として即位するはずだ。その配偶者ということは、王妃ということになる。

ガリガリ村とかいう極貧の村の子供だった私が、まさか王妃になろうとは。

……悪くない話、のような気がする。

でも、彼の顔が浮かんだ。黄緑色の優しい瞳を細めて微笑《ほほえ》みかける、アランの顔が。

悩む私に、ゲスリーは手を差し伸べた。

「さあ、帰ろう」

今までのことなんか何もなかったみたいに、無邪気にも見える笑顔を浮かべたゲスリーの手が目の前にあった。


〈『転生少女の履歴書 12』へつづく〉

付録　リッツの気持ち

「良かったですね！　アラン様と師匠が戻ってきてくれて……！　ユーヤ様も心配してたし、早く報告してあげなくちゃ」

僕の前に座って馬を走らせているクリス君が、弾むようにそう言った。

先ほど状況を聞きにカテリーナ嬢に会いにいったら、まさかのアランやリョウ嬢との再会を果たしたところだ。

ウキウキしているクリス君の気持ちはわかるし、僕も嬉《うれ》しいのだけれど、そのウキウキに身を任せてクリス君が操る馬の足は速くてよく揺れる。

どうも、馬に乗るのはまだ慣れない。

僕は落馬しないようにしっかりとクリス君の腰を抱きながら、かろうじて頷《うなず》いた。

「う、うん、そうだね！」

「あ、すみません！　飛ばしすぎました？」

僕がしがみつくのに一杯一杯になってることに気づいたクリス君はそう言って少しだけ速さを緩やかにしてくれた。

「ごめん。ありがとう」

「はは、魔法使い様は直接馬に乗る機会ないですもんね。基本馬車ですし。好き好んで乗馬する魔法使い様なんて、アラン様ぐらいですよ」

そう言ってキャラキャラと笑う。馬に乗りながら雑談できるのすごい。

「本当に。アランは意外とああ見えてなんでもできるからね……」

アランが馬に乗るようになったのは、確かリョウ嬢が乗馬してるカインお兄さんに見惚れていたから、っていう理由だっけ。

本当にとってもアランらしい理由で笑ってしまった。

アランは何をするにも、いつもリョウ嬢中心。

だから、リョウ嬢が殿下とともに行方不明になったと聞いた時、僕はさほどリョウ嬢のことを心配はしなかった。絶対アランも一緒にいると思ったし、アランが一緒なら、何が何がなんでもリョウ嬢を守るんだろうって信じてたから。

「でも、本当に良かったです。師匠も、アラン様も生きて戻ってきて、カイン様も殿下とともに戻ってきたし。……でも、カイン様、なんだか雰囲気が変わりました。ちょっと近寄りがたくなったというか」

少し悲しそうな声色のクリス君の話に耳を傾ける。

確かに、遠目から少し見ただけだったけれど、カインさんの様子はいつもと違っていたかもしれない。

「実は、僕昨日、シャルロット様やカイン様に会いたくて、殿下が作った砦《とりで》に忍び込んだんですけど」

「忍び込んでたの⁉」

思わず声が上ずる。クリス君も結構、破天荒というか、思ってもみないことをしがちだ。

流石《さすが》はあのリョウ嬢を師匠と仰ぐだけはある気がする……。

「だって、アラン様や師匠のこと聞きたかったですし。何か知ってるかと思って。壁をよじ登ったんですけど」

「しかも壁よじ登ったの⁉　よじ登れるような感じの建物じゃなかったと思うけど……」

「ちょっとしたとっかかりがあってなんとか。僕身軽なんで、そういうの得意なんです」

自慢げなクリス君の声が聞こえるけど、王族が作った建造物を勝手に登るのは、いかがなものだろう。もし誰かに見つかったりでもしたら大変だ。

「……でも、途中でカイン様に見つかって」

見つかってる！　相手がカインさんだったから良かったものの、危険だよ……。

「アランのお兄さんなら、見逃してくれたんだと思うけれど、クリス君、行動はもっと慎重にね。それでアランのお兄さんには会えたってこと、だよね？　何か話せた？」

「話すことはできました。でも、カイン様に何を聞いても何も答えてくれなくて……」

「え？　あの、アランのお兄さんだよね？」

　僕の記憶では、カインさんというアランのお兄さんは、ひたすらに優しい人だった。アランに甘くて、リョウ嬢にも甘くて、その友達である僕らにも親切だった。いつも優しそうな笑顔をしてる。無理を言っても笑って受け入れてくれそうなぐらいの度量すらあって……。僕たちが、アランのことで何か聞いてきたら、なんだかんだと優しく現状を教えてくれそうなものなのに。

「それどころか、忍び込んだ僕に、牢に入れられたくないならさっさと戻れって、今まで見たことないような厳しい顔つきで言われて……」

　しょんぼり、といった感じのクリス君の背中がいつもより小さく感じた。

　そっか。あのカインさんが……。いやまあ、壁よじ登って侵入してきたら注意するのは当然のような気もしなくもないような気もするけれど。

「それにそれに、僕がどんなに可愛い顔をしたって、上目遣いで涙をためて『教えてください』って懇願したって、ちっとも効かなくて！」

　と今度は少々荒ぶった様子のクリス君だけど、落ち着こう。

　前にリョウ嬢が、『クリス君は可愛い顔してればどうにかなると思ってる節があると思うんですよ』って言ってたことを思い出す。

その時は、なんだかんだでクリス君の顔に負けて、白カラス商会の従業員向けに用意してたお菓子をあげてたリョウ嬢だったけれど。

可愛い顔してればどうにかなるというクリス君の思考を増長させてるのは、間違いなくリョウ嬢だと思うんだよね……。

「……まあでも、あの優しいアランのお兄さんが、まったく話を聞いてくれないというのはちょっと意外かな。カインさんも、きっと色々あったのかもね……」

「そうですかね……。アラン様と師匠も色々あったぽい雰囲気でしたし。まあ、詳しいことは言ってくれませんでしたけど。……実際どう思います？　アラン様は、何もないとか言ってましたけど」

「どう思うと言われても……」

と言いながら、先ほど再会した二人を思い出した。

半年も行方をくらましていたとは思えないほどに、以前通りの二人。でも確かに、なんか、お互いが醸し出す空気感というか、雰囲気が少し変わったような、気も……。

「アランが何もないと言ったのなら、何もなかったんだろうけれど……リョウ嬢に気持ちを伝えるぐらいはしたのかもしれないなって、思ったかな」

「あー！　確かに！　流石《さすが》リッツ様！　そんな感じしたかもしれません！」

「顔つきも疲れてはいたようだけど、目が生き生きしてたというか」

リョウ嬢が殿下の婚約者になった時、アランは相当辛かったみたいで、変なポエムを量産する恐ろしい存在になっていたけれど。

先ほど再会したアランはどこかスッキリした顔してた。

「しかし、そうなると、今後あのお二人、どうなるんでしょうね？　このままくっついたりとか、あると思います？」

「……どうだろう。今はリョウ嬢も微妙な立場だし……ちょっとどうなるか読めないな。でも、二人が思い合って結ばれてくれたら……嬉《うれ》しいなあ」

そう思わずこぼすと、リョウ嬢と話をしている時のアランの顔が浮かぶ。

側《そば》から見ていてすぐにわかるぐらい、リョウ嬢を見るアランの目は優しい。

他の人と話してる時と全然違う顔つきをして、話の内容に関係なく、リョウ嬢が何か言うだけで本当に嬉しそうに頰を緩めて目を優しく細める。

顔に好きだと張り付けてるみたいで、周りで見ているだけの僕らの方が、照れてしまいそうになるほどだった。というか、あんな目で見られてて、アランの好意に気づいてないリョウ嬢は正直ちょっとおかしいと思う。

「そうですね。長年、側からアラン様の片想いを見守ってきたわけですし、ここらでひとつ報われてくれたらいいですけど。でも……相手はあの師匠ですからね」

クリス君の言葉に思わず「ははは」と乾いた笑いが溢れる。

確かに、あのリョウ嬢だからなぁ……。なんか、色々理由をつけて、くっつかない、とかあるかもしれない。でも、それでも、やっぱり、アランには結ばれてほしい。

あんなに強くてひたむきに思い続けていた気持ちが、報われてくれたら……。

そう思って、二人が結ばれる未来を想像した。

リョウ嬢が白い花嫁の衣装に身をつつみ、隣にいるアランが彼女の手を取って進む。

二人はすごく幸せそうに笑い合って、僕たちはそんな二人に向かって花びらを投げる。

赤に紫にオレンジ、鮮やかな花びらに彩られながら、白い服を着た二人が弾けるような笑顔を見せて……。

親友のひたむきな努力が実を結んで、自分のことのように嬉《うれ》しいと思う。

そう思うけれど、でもほんの少しだけ苦々しい気持ちを抱く、かもしれない。

アランのひたむきさや素直さは本当に尊敬してる。

でも、僕には真似できそうになくて、だからこそ、心のどこかで『僕も、同じような気持ちでシャルのことを思っていれば良かったのかな』って思ってしまう気がした。

……シャルは、リョウ嬢がいなくなってから、いつも辛そうにしていた。

どこか心あらずで、いつも悲しそうに俯《うつむ》いて、自分を責めているような雰囲気で。

何故かずっと側にいるアンソニー先生のことだって、事情がありそうなのに何も話してくれなくて、僕たちに対しても距離がある。

そんな彼女が突然、殿下とともに王国軍にやってきて……。

遠目で彼女の顔を見た。殿下と連れ立っていたからかもしれないけれど、なんだか遠い存在のような気がして……。

「僕も、アランみたいに素直に思いを伝えていたら……」

「え？　リッツ様、何か言いましたか？」

思わず口に出した言葉にクリス君が聞き返す。

僕は苦笑いを浮かべながら軽く首を横に振った。

「ううん、何も、何も言ってないよ」

もう過ぎてしまったことだ。いや、それとも、まだ、間に合う、のかな。

……もっとアランと話したかったな。今までの半年間のこと。

アランはどんなことがあったのか、僕もどんなことがあったのか。そしてシャルのこと。

僕が、シャルに自分の気持ちを伝えた方がいいか迷ってる、なんて言ったら、なんというだろうか。

アランのことだからものすごくびっくりした顔をして『逆に、なんで伝えないんだ？』って言ってくるかもしれない。

その時のアランの様子が、目に浮かぶようだった。

この作品に対するご感想、ご意見をお寄せください。

●あて先●

〒101-0052 東京都千代田区神田小川町3−3
主婦の友インフォス　ヒーロー文庫編集部

「唐澤和希先生」係
「桑島黎音先生」係

ヒーロー文庫

ヒーロー文庫

転生《てんせい》少女《しょうじょ》の履歴書《りれきしょ》 11

唐澤和希《からさわかずき》

2021年11月10日　第1刷発行

発行者　前田起也

発行所　株式会社　主婦の友インフォス
〒101-0052 東京都千代田区神田小川町 3-3
電話／03-6273-7850（編集）

発売元　株式会社　主婦の友社
〒141-0021
東京都品川区上大崎 3-1-1 目黒セントラルスクエア
電話／03-5280-7551（販売）

印刷所　大日本印刷株式会社

ISBN 978-4-07-450482-4